世界侦探推理名著文库

[日] 西村京太郎 著
杨 军 译

# 天使的伤痕

群 众 出 版 社
·北 京·

**图字：01－2012－1639**

**图书在版编目（CIP）数据**

天使的伤痕/（日）西村京太郎著；杨军译．—北京：群众出版社，2012.12

（世界侦探推理名著文库）

ISBN 978－7－5014－5047－3

Ⅰ.①天…　Ⅱ.①西…　②杨…　Ⅲ.①侦探小说—日本—现代

Ⅳ.①I313.45

中国版本图书馆 CIP 数据核字（2012）第 246593 号

世界侦探推理名著文库

**天使的伤痕**

［日］西村京太郎　著

杨军　译

出版发行：群众出版社

地　　址：北京市西城区木樨地南里

邮政编码：100038

经　　销：新华书店

印　　刷：北京泰锐印刷有限责任公司

版　　次：2012 年 12 月第 1 版

印　　次：2012 年 12 月第 1 次

印　　张：9.25

开　　本：787 毫米×1092 毫米　1/16

字　　数：163 千字

书　　号：ISBN 978－7－5014－5047－3

定　　价：24.00 元

网　　址：www.qzcbs.com

电子邮箱：qzcbs@163.com

营销中心电话：010－83903254

读者服务部电话（门市）：010－83903257

警官读者俱乐部电话（网购、邮购）：010－83903253

文艺分社电话：010－83903973

总序

# 阅读经典　收获智慧

于洪笙

在色彩缤纷的世界文学园林里，侦探推理小说是一株盛开着奇异的花朵、分外引人入胜的巨大乔木。《中国大百科全书》“外国文学卷”对“侦探推理小说”这个词条是这样定义的：它是西方通俗文学的一种体裁，与哥特式小说、犯罪小说以及由它们衍生出来的间谍小说、警察小说、悬疑小说同属惊险神秘小说的范畴。侦探推理小说主要描写具有惊人推理、判断能力的人物根据一系列的线索，破解犯罪（多是凶杀）的疑案。它的结构、情节、人物，甚至环境都有一定的格局和程式，因此它也是一种程式文学。

但就是这种文学样式，在自己并不太长的发展历史中，创造出两个奇迹：其一，产生了一个读者不准其死去的文学形象“福尔摩斯”。英国作家柯南·道尔一八八七年在《血字的研究》中创造了他，从此福尔摩斯成为人类智慧的符号并承担起人类“保护神”的重任。这不仅标志着福尔摩斯这个人物形象在文学意义上的不朽，更重要的是在现实生活中世界读者对它的需求，这是从人类文学产生之日起任何文学形象所不能比拟的。其二，它产生了一位被称作“侦探小说女王”的作家——阿加莎·克里斯蒂。在她生前，即二十世纪六十年代，她的作品就在一百多个国家发行了四亿多册，仅次于《圣经》。如果考虑到《圣经》的销售主要依赖于悠久的宗教历史和庞大的教会系统作为背景的话，那么克里斯蒂就是世界文学史上最受读者欢迎的作家了。

不朽的人物形象、世界上最高的图书销售量，均是在侦探推理小说领域创造的。如果我们还不能就此下结论说侦探推理小说是最好的文学样式，那么至少可以说它是最受读者欢迎、极具文学魅力的文学样式。

自一八四一年美国作家爱伦·坡创作《莫格街凶杀案》之后，侦探推理小说便以其曲折的情节、强烈的悬念、严谨的逻辑为表现手段，闪耀着理性的光芒，以智慧文学的形式显示出独有的魅力，在世界文坛上脱颖而出。从此，侦探推理小说便在世界各国拥有广大的读者，有关图书始终占据着国际图书市场销售量的四分之一以上，成为其他文学类图书难以企及的畅销、长销的图书类型。究其原因，侦探推理小说强大的生命力无非是由它的内容和形式所决定的。首先，侦探推理小说的巨大魅力，在内容上与它在审美上的主体意识被读者认可有关。一篇（部）优秀的侦探推理小说，不管故事发生在何国何时，不论篇幅长短，它都不能缺少一位正面人物。这个正面人物继承的是世界文学传统，如史诗、悲剧中的英雄原型。在这个带有英雄色彩的正面人物即“侦探”身上，体现着人文精神和对人性的优点的描述，如正义、智慧、维护文明秩序，为纠正法制生活中的失衡、偏颇而奋不顾身等。他的主体人格应该是伸张正义、嫉恶如仇、尽忠职守、视死如归。这样一个在社会生活中具有奉献精神、牺牲精神的文学角色被创造者赋予的理想的色彩，是人类在生存、繁衍、发展、进步、创造文明的过程中所必须发扬光大的。正如比利时著名诗人维尔·哈伦所说：“文学的主旋律是对人的肯定和人性的张扬。”因为信仰、理想犹如阳光对于万物，是被人类自己肯定、歌颂的，所以它便具有了永久的魅力。这种理想色彩的魅力，满足着人类对英雄的崇拜需求，也就是人类对自己理想的肯定。

与此同时，侦探推理小说是用故事的载体，反映着人类同自身存在的毒瘤——犯罪的斗争，是人类对自身文明进化过程的不断反思。文明与犯罪，是人类历史进程中的双生子，而人类是必须要前进的，因此，同形形色色的犯罪作斗争，则集中反映着正义与邪恶、文明与贪欲、“真善美”与“假恶丑”的较量，体现着人类对自身理想的坚定捍卫。在这种较量中，文学的真谛得到了阐述。从这个角度讲，侦探推理小说还应在“智慧文学”前面加上“理想文学”。

同时，关于侦探推理小说在文本形式上的魅力，早在二十世纪三十年代，意大利杰出的马克思主义理论家安东尼·葛兰西就做了研究。他写道：“侦探推理小说这类书籍为什么总是令人读得如此入迷？它们能使人们得到什么样的满足？符合怎样的兴致？它们能给予人们什么样的特殊幻美？……阅读时，人们在幻想着‘美丽的’、‘有趣的’冒险，这种冒险应是个人不受约束的主动的精神表现。”

好奇地逗留在事物面前，屏住呼吸并密切地注视它们的奇异性，这是人的特性。而正是这种好奇心，促使人类产生了区别于动物的伟大的想象功能。想象，这一人类本身所具有的天性，是人类生存、发展和创造文明的需要。正是想象才构成了人类行为中的创造性的基本特征。没有了想象，只知道追求近前的目标，人们就会减弱并失去活力。正是想象，激发着人类走向一个又一个未知的世界。在想象中去探秘，去历险，去体验英雄般的感受，人们这一古老的愿望正是在侦探推理小说中得到了满足。

作为一种智慧文学，侦探推理小说情节的主要框架是解谜，而读者的阅读实质上即是参与分析、判断、推理的解谜过程。对青少年读者来说，这更能激发他们的好奇心及探险、揭秘的心理，进而满足他们想象的乐趣、思索的乐趣、发现的乐趣、参与的乐趣，使他们在阅读的愉悦中不知不觉地进行了思维训练，提高了智能。因此，人们称侦探推理小说是“脑力体操”，这种脑力体操对当今的青少年尤为重要。

日本东京创造力开发研究所所长山上定也先生认为：“推理锻炼可以使头脑聪明，而作为一个现代人，应当及时掌握当代独特的成功利器——信息推理术，并把它和演绎法相结合，这能使你由此及彼、由表及里、举一反三、触类旁通，从而以高超的创造力迎接信息社会的挑战。”这番话倒是从另一个角度回答了孩子们为什么爱读侦探惊险作品的问题。一九九八年，由中国出版工作者协会少儿读物工作委员会和中华读书报社联合进行的“中国的孩子爱读什么书”的调查结果显示，侦探惊险作品超过“卡通漫画”及“寓言童话”，独占鳌头。

基于以上原因，由北京侦探推理文艺协会和群众出版社联合策划，决定推出《世界侦探推理名著文库》这套丛书，作为献给全国热爱这一文学样式的广大读者的一份珍贵的礼物。北京侦探推理文艺协会是我国目前在侦探推理文学研究、创作领域唯一的专业协会；群众出版社则是最早翻译出版《福尔摩斯探案全集》和大量世界侦探推理佳作的全国著名的出版机构，在此样式的出版上声誉卓著。协会与出版社强强联合推出这套丛书，意在从权威的角度向读者推荐世界侦探推理文学领域的泱泱名作，其中包括这一文学样式在一百七十多年发展历程中涌现出的众多流派的巅峰之作。与此同时，对收入本套丛书的每部作品，我们均特邀专家撰写导读文章，发挥他们各自独特的审美才华，对文库收纳的众文本进行阅读上的尽情评点，从而使广大读者更加明白什么叫精彩、什么是名著、悬疑之美是如何形成的……从某种角度上看，我们这种阅读加欣赏、点评的做法是希冀读者在读完文库后能有一个宏观上的史线般的阅读收获，即知晓在世界侦探推理文学领域有哪些优秀的代表作家，那些精彩绝伦的作品为什么能够影响至今。如果这些不是我们的奢望的话，那么丰富的知识信息定会使这些图书成为读者朋友阅读、收藏、研究这一文学样式的最佳文本。

爱因斯坦说：“我们所能有的最美好的经历是对神秘的感悟。它是坚守在真正艺术和真正科学发源地的基本感情。谁要是体验不到它，谁要是不再有好奇心，也不再有惊讶的感觉，那就形同行尸走肉……”让我们放松心情，敞开胸怀，捧上这些充满神秘、惊险、智慧并能引发我们的好奇心的经典之作！让阅读这些作品成为我们人生最美好的经历吧！

**（本文作者为中国人民公安大学教授、北京侦探推理文艺协会常务副会长）**

导读

# “三要素”推理小说的杰作

杨军

西村京太郎的作品情节曲折，布局新颖独特，人物刻画惟妙惟肖。他的小说艺术品位很高，掩卷后常能令人回味再三。他严格秉承了推理小说的“三要素”原则，将《天使的伤痕》打造成了此类小说的范本。

故事的起源很简单：日东新闻报社的记者田岛由于忙着采访新闻事件，休息日大多泡了汤。这次他坚决向总编提出了休息的请求，因为他已经和女友昌子约好一同出游。

田岛和昌子在三角山游玩时发现了一名被害的男子。警方根据田岛听到的被害人的临终遗言将线索索定为“天使”一词。当警方找到一位被称作“天使·片冈”的脱衣舞女时，她却不幸遭遇车祸死亡。这便是推理小说的第一要素：吸引读者的离奇开篇。

田岛在积极地进行调查。当他想利用自己掌握的线索和警方进行交易的时候，却发现自己的恋人和此案有着微妙的关系。这就是推理小说的第二要素：缜密的调查。

随着调查的步步深入，人们发觉这不是一起简单的凶杀案，它有着复杂的社会背景，使得调查难以进行下去。当案件出现转机，凶手被最终查获时，结局虽然在读者的意料之外，却又在情理之中。这就是推理小说的第三要素：出乎意料的结局。

经笔者翻译出版的推理小说中，唯有西村京太郎先生的作品为本人所欣赏和钦佩的居多。作为日本首屈一指的“本格派”推理小说家，他对于推理小说技巧的掌握可谓娴熟而灵活，总能推陈出新。像本书这样将“本格派”和“社会派”推理的风格结合起来的作品，非常值得一读。

该作品的主要特色还有以下几个方面：

其一，独特的连环凶杀模式，令案情环环相扣，可读性极强。凶杀案接连发生，几个人的死，均由一个人的被杀而引起，使谋杀方式呈连环套式，一起凶杀案发生后不久，又有第二起、第三起……这种写法使小说悬念迭起，案情错综复杂，令读者如入山阴道中，眼花缭乱，不辨东西。

其二，交通工具被反复而细致地加以叙述。西村京太郎的创作精力旺盛，发表了近百部侦探推理小说，其中绝大多数作品涉及火车、飞机等交通工具。日本的交通十分发达，火车、飞机等交通工具极为准时，很少误点，于是罪犯常常利用这一点，精确地计算时间进行犯罪，并巧妙地制造自己不在现场的证据。因此，在西村京太郎的小说中，交通工具既是罪犯作案的条件，也成了警方破案的关键。

其三，大胆地推理，小心地取证。侦探推理小说的特点或者说点睛之笔就在于推理，即运用逻辑分析的方法，把一个看似千头万绪、疑窦丛生的案件，经过科学的分析，如抽丝剥茧一般层层地排疑解难，最终使案情大白于天下。在本书中，田岛面对疑团重重的谋杀案，往往会抓住被罪犯忽略的蛛丝马迹，大胆地假设，然后不厌其烦地进行实地考察、反复取证，最终将罪犯绳之以法。

其四，抨击社会弊端，抒写人性光辉。本书通过凶杀案件，揭示了日本当代现实生活中的黑暗面，将批评的锋芒直指上层集团的腐败和社会的弊端，对人性的冷酷、矛盾、软弱等加以真实的展示，反映出了金钱社会对于善良人性的腐蚀。

西村京太郎很好地把握了文学价值与大众阅读趣味之间的关系，在极具悬念色彩的推理小说中极为注重主题的深刻性和社会意义，从而形成了自己作品的独特风格。从这一角度来讲，他作为日本当代最负盛名的推理小说作家之一，是当之无愧的。

（本文作者为著名翻译家、北京侦探推理文艺协会理事）

# 目录

# 目录

# 第一章 阳光之下

## 1

十一月十五日，星期一。

对田岛而言，这是个久违了的休息日。自从他当上了社会版的记者之后，经常忙着采访新闻事件，因而计划中的休息日大多泡了汤。很早以前他就向总编提出了在十五日这天休息的请求。他不希望这次的休息日泡汤，因为他已经和山崎昌子订下了约会。

昌子是京桥附近某商社的女职员。她的休息日固定在星期天，但是田岛的休息日却没个准，所以两人一直找不到机会约会。田岛事先向她说过，请她在十五日这天向公司请个假。正因为如此，田岛暗自期盼，千万别发生紧急的事件，破坏了这个难得的休息日。

田岛有心想和昌子结婚。虽然两人才认识不久，但是交往时间的短暂并不构成任何问题。

最让田岛中意的是昌子的天生丽质。然而，昌子绝非时装模特儿那样的“骨感”美人。今年夏天两人一道去海边戏水时，身穿泳装的昌子竟然十分健美，让田岛颇感惊讶。

昌子不是东京人，而是出生于东北部的农家女。套一句她自己的话，她的家乡是“每到冬天便有熊、狸出现在住家附近”的偏僻村落。昌子趁着姐姐和当地一家大户人家之子结婚的机会来到东京。那是四年前的事，当时她十九岁。

“所以我的乡音还改不过来，真讨厌！”

昌子经常把这句话挂在嘴边，不过田岛倒不觉得她的口音有什么难听，根本就无须挂心。

听到田岛这么表示，昌子便开心地笑着说道：“如果真是这样，那全是姐姐的功劳啊！”

据昌子说，姐姐从她小时候起便一直叮咛她改正口音。昌子说，姐姐的一贯论点是如果想去东京，最好改掉乡下口音。昌子还经常说起有关姐姐的种种事情。大概是因为双亲亡故，姐妹俩相依情深的关系吧。

有一次昌子还提起“姐姐曾救过我一命”的事情。田岛并未追问其中原委，但心里明白昌子对姐姐的崇敬似乎已经到了无以复加的程度。

“我是个守旧的女人。”

昌子有时会说出这句话，或许也是受到了姐姐的影响吧。

田岛并不讨厌守旧型的女人。和轻佻的现代少女相较，守旧型的女人要好多了。况且昌子看起来并不像她自己所说的那般守旧。她不但具备了知识美，性格上也不优柔寡断。

## 2

这天幸好并未发生任何导致休息泡汤的突发事件。就连原先担心的雨也没出现，反倒是个秋高气爽的晴朗天气。

上午十点钟，田岛如约抵达新宿西侧出口的京王线乘车处，他见到昌子已经到了。

在十月里，新宿车站经常挤满了赴郊外游乐的人潮，但只要一进入十一月，尽管气温并无多大差别，出游的人潮却一下子减少了许多。也难怪，日本人原本就是很死板的，甚至连服装换季也是固定在某一日期，根本不管天气到底是热还是冷。再加上今天是个工作日，所以检票口及售票口都是一片冷清。

田岛暗自庆幸这是一个要上班的日子。每天在人潮中摩肩接踵挤来挤去，早就让他难以忍受。

“我已经买好车票了。”昌子拿出两张车票说道。

田岛每天为工作忙得团团转，几乎没有空安排郊游旅行，所以只提出“安静的场所”这么一个条件，其余则全由昌子安排。

“你打算带我去什么地方?”

“圣迹樱丘。”

“噢，我没去过，但知道地名，好像是和明治天皇有关的一处地方吧?”

“老实说我也不太清楚。”

昌子缩了缩脖子答道。她今天穿了一件毛衣搭配一条宽松长裤，因而这个动作让她比平常更显得孩子气。

“我看了一下站名，觉得这个站名最浪漫，所以就买了车票。”

“你真没责任感啊!”田岛开玩笑地说道，“不过在一个陌生的车站下车倒也有趣。”

“我可是问过服务处的人呢，只不过是在买了车票之后才问的。”

“结果呢?”

“说是那里有一座约二百米高的三角山。山虽然不高，但是视野良好，听说是适合上班族攀登的一座山。”

“原来这样。对缺乏运动的上班族而言，二百米左右的山最合适了。”

田岛不禁露出苦笑。的确，对自己的体能他已经丧失学生时代的那种自信了。

这是他半年来第一次搭乘京王线的列车。前些时候还在动工的这处工地盖起了一栋五层楼的建筑，而地下室便成了站台。在日光灯的照射下，亮晃晃的站台令人产生一种豪华的感觉，然而，却也让人无法感受到赴郊外出游的心情。或许是因为驶往郊外的电车和一般的通勤电车没什么差别的原因吧。

通过检票口之后，田岛才注意到昌子拿着一个布制的手提袋。他不知道这种袋子有无特别的名称。他往袋中瞄了一下，闻到里头散发出面包和海苔的香味。中午的便当也是拜托昌子一手包办的。

车厢内空空荡荡。刚开始时，还以为是在搭乘平常的通勤电车，直到驶过调布一带，车窗外才出现杂木林及旱田，有了些郊外的气氛。大约过了三十分钟，电车到达了圣迹樱丘车站。

这是一处稻田环绕的孤寂小车站，一踏出车厢，便可见到站台上竖立着各种土地分割出售的广告招牌，显然这一带也遭到土地炒作热潮的波及。步出检票口后，便见到一条狭长的商店街横在车站前。其实称之为“街”未免过于夸张，整条街其实只有相片冲洗店、餐馆、拉面馆以及土地中介公司四家商店。

田岛在相片冲洗店购买了备用胶卷。店老板告诉他，越过平交道后往前直走，便可到达多摩川的河床:“但是河边盖了许多杂乱的房子，就算你去了也不会觉得好玩。”

相比之下，车站周围倒是一户住家也没有，或许是因为地价的关系吧。

田岛记得自己曾在某本书中读过，说一旦地价高涨后，车站的周围便会出现甜甜圈型的空地。

“三角山呢?”田岛问道。

“山的方向和河川正好相反，大约走二百来米便可见到一座小山。原先的名字是叫做‘和田山’，因为山的形状呈三角形，所以本地人便称之为‘三角山’。山虽低，但视野景观却很好。”

“就是那座山。”昌子在一旁插嘴道。

依照相片冲洗店老板所指引的方向往前走不久，两人便来到一条宽阔的柏油路。路旁竖立着公共汽车站牌，似乎是有公共汽车经过这条路，但却久久不见有车开过。此地的公共汽车发车间隔时间恐怕是每小时只有一班吧。

他们沿着柏油路走了一阵子，道路两旁的杂木林便多了起来。

渡过一座小桥后，见到一间派出所。派出所门口的招牌上写着“南多摩警察署关户派出所”。从“关户”这个名称来判断，这一带在古时候或许是北条氏的关卡所在地。

在道路的左侧可见到一座矮山，路旁竖立着一根“三角山入口”的路标。有一条小径从柏油路分岔而出，通往那座山。那是一条尘埃飞扬的干燥小径。小径两旁全是杂木林及梯田，刚收割完的梯田中见不到勤劳农夫的踪影，只有脏兮兮的稻草人兀自竖立在田里。

眼见四下无人。昌子便把身子挨了过来，和田岛牵起了手。

“这样不好走路啊!”田岛苦笑道。当然这只是嘴上说说，他的手已经把昌子的身体搂了过来。

四周一片静寂，连一丝风也没有，只有晚秋的阳光毫无顾忌地倾泻下来。与其说是暖和，倒不如说是有些暑热。昌子一边走着，一边把头依偎在田岛的肩膀上。阳光的味道和发香直扑田岛的鼻腔。或许是意识到此时只有两人独处，所以昌子才变得大胆起来。

步行约十分钟后，两人走到一处分岔路口。这里已看不到梯田，周围只剩红叶斑斓的杂木林。

根据路标，往右是通向山顶的捷径。于是两人依照路标的指示转向右边的山路，走着走着，山路逐渐变得细窄，两个人仿佛穿梭在枝叶茂盛的杂木林隧道中。

这是一条林荫隧道。每走一步，脚底下便响起枯叶的声音。树枝恣意横生，一不小心便有柔软的树枝反弹到身上。两人再也无法悠闲地手牵着手前进。狭窄的山路也不容许两人并肩而行。

“我在前面开路吧。”

田岛说完捡起一根枯枝，一边拨开眼前的树枝及蔓藤一边往前走。

路标指示的似乎有误。然而，山路既然是往上，似乎也没道理认为它不是通往山顶，或许两人走的是以前的旧道吧。

“你的家乡也是这样的地方吗?”

田岛一边前进，一边开口询问跟在身后的昌子，却未听见回答的声音。他停下脚步转头一看，只见昌子蹲在自己身后约五米之处。

“怎么了?”

田岛问道。昌子依然蹲在地上，手中扬起一只脱下来的鞋子。

“石子跑进鞋子里，不过我已经取出来了。”

树上的红叶映照在昌子的白色毛衣上，把毛衣的肩部染成一片艳红。

田岛举起相机，按下快门。由于里头装的是彩色底片，只要拍得好，相片中应该会出现毛衣的雪白和红叶的火红这种漂亮的对比。

昌子套好鞋子后走了过来，嘟起小嘴说道：“讨厌。”接着她又娇嗔道：“怎么拍人家正在脱鞋的镜头……”

“我不是因为你的姿势滑稽才拍的。”田岛急忙辩解。

听到是想要拍出色彩对比之美，昌子才勉强接受了田岛的解释。

林荫夹道继续向前延伸，当狭窄的山路变得较为宽阔时，四周也突然明亮起来。

遮盖在头顶上的树枝不复出现，阳光尽情地洒落下来。视野霎时开阔起来，右手边是一道缓坡，可眺望到京王线的铁轨像两条延伸的银色线条，另一侧则是蜿蜒曲折的多摩川。

“在这里休息一会儿吧。”

田岛对昌子说道。就在此刻，从两人来的方向突然传来一个男人痛苦的呻吟声。

## 3

田岛吃惊地朝叫声传来的方向望去。然而，弯弯曲曲的山路和浓密的树林挡住了视线，所以什么也看不到。昌子的脸色也变得苍白。

正当田岛想举步朝呻吟的方向走去之际，突然又传来一阵树枝摇晃的声音，而且那声音越来越近。

“我怕!”昌子低声说道，紧紧搂住田岛的胳膊。

突然，一个男人冲到两人面前。那是一个中年男子。男人的面孔因痛苦而扭曲，双手像求救般地往前伸出。田岛发现男人的胸前插着一把像是匕首的利器，鲜血由男人身上那套典雅的暗灰色西装上渗了出来。

昌子发出惊叫声，把脸埋在田岛的胸前。田岛也不知道该怎么办才好，只能护着浑身发抖的昌子，同时凝视着那男人。男人张开嘴似乎说了些什么，却是语不成声。

这个男人踉踉跄跄地走到田岛面前约五米处，似乎力气已经用尽，整个人突然瘫软下去，滚落到小路右侧的山崖下。山崖下传来山白竹的沙沙声响，一会儿声音便静止了。

当这个男人的身影消失在眼前的那一瞬间，田岛的记者本性突然蠢动了起来。他把依附在自己身上的昌子拉开，伸出头往山崖下一窥究竟。那个男人的躯体挂在半山腰的树根上。从上面望下去，看不出他是否已经断气。

田岛看着昌子。昌子的眼神看起来一片茫然。她那毫无血色的面容与其说是苍白，不如说是惨白。

“你振作些。”田岛摇着她的肩膀说道。

“啊!”昌子呻吟着应了一声。

“我到下头去看看。”田岛说着把手搭在昌子的肩上，“你站在这里别动，万一有什么事立刻叫我。”

“好。”

“没什么好怕的。”

田岛刻意露出笑容，然后带着相机攀下长满山白竹的山崖。

山白竹的黄色叶片上黏附着线条状的血丝。

他一接近那个男人，便闻到一股强烈的血腥味儿。田岛抱起那个男人叫了一声“喂”。那个男人只是微微张开了眼睛。也不知道那个男人布满血丝的眼睛是否能看到田岛的身影。

他蠕动了一下嘴巴。田岛把耳朵凑近，隐约听到一声“Tian”。

“‘Tian’怎么了?”

田岛在这个男人的耳边喊道，但是没有听到回答。这时，他才发现这个男人已经死了。

田岛抓紧树枝站了起来，俯视着这个已经断了气的男人。

他的心脏部位插着一把匕首。那匕首不同于一般的匕首，有一个圆而细长的刀柄，而且有一个类似军用刺刀的护手。看起来是一柄手工打造的刀。行凶者似乎是用力猛刺，以致整个刀刃几乎全部刺入死者的体内。

田岛举起相机。虽然报纸上绝不可能刊登尸体的照片，但既然尸体就在眼前，他忍不住想拍照。从不同角度拍了三张照片，然后他再次蹲回尸体旁。这个男人的脸虽因痛苦而扭曲，但依然看得出是个美男子，年龄约莫三十五六岁。

他外衣上的纽扣大概是在滚落山崖时脱落的，衣服内袋上方绣有“久松”二字。只要这套衣服不是借来的，那么这男人的姓氏应该就是“久松”。田岛独自沉吟之际，突然担心起昌子。刺杀这个男人的凶手应该已经逃之夭夭，但是如果还没有逃走的话，那昌子恐怕就危险了。

“昌子！”

田岛出声呼喊，但是没有听到回应。

田岛顿时十分紧张，他急忙冲上崖顶。

昌子正蹲在原地，用手掩住面孔。田岛走了过去把她抱了起来。

“你没事吧？”

“啊！”

昌子点了点头，仰起脸来。那张脸依然苍白极了。

“那个人死了吗？”

“死了。”

“我们现在该怎么办呢？”

“只好报警了。”田岛用干涩的声音答道，“桥畔有一个派出所，我们就到那里去吧。”

“我还是害怕。”

“凶手已经逃了。你有听到任何动静吗？”

“好像听到脚步声，不过也可能是心理作用。”

“或许那就是凶手逃跑时的脚步声。”

田岛答道，但他也没什么自信。或许凶手在行刺之后便立即逃走了。

两人按照来时的路折返。田岛手持相机，昌子拎着装有午餐的手提袋，欢乐的气氛已经荡然无存。

## 4

派出所内，一名年轻的警察正百般无聊地在看报，被突然冲进来的两人惊得抬起了头。

他听到田岛的报案后，起初似乎不敢相信。他脸上的表情仿佛是说“在悠闲的秋日阳光下，哪有可能发生血腥的杀人事件？”然而，田岛再三重复同一说词，他才不得不信以为真。

“我带你去可以吗？”田岛说道，然后转头对昌子说道，“你最好在这里休息一下。”

昌子默默地点了点头。

田岛领了这名警察再次回到山崖处。一见到尸体，警察也吓得脸色发白。

“我马上和总署联系。”警察喃喃地说着，然后快步返回了派出所。

当警察在派出所打电话之际，田岛悄悄地跑到车站前的相片冲洗店借电话拨给主编，报告了一名男子丧命的事情。

“没想到你也会走狗屎运啊!”说话缺德的主编笑着说道，“你需要支援吗?”

“不用，我一个人就够了。我随身带有相机，而且还带着记事本呢。”

“让你难得的休息泡了汤，我还真过意不去。”

“您竟然会大发善心啊!”田岛手持话筒笑道，“反正我会以关系人的身份受到种种询问，所以我会顺便做采访。”最后他又附加上一句“一有进展立即电话通知”，然后挂掉了电话。

返回派出所后，警察似乎也已经和上级联系完毕，一见到田岛便劈头说道：“总署会立刻派人前来，还得请你作证。”

田岛点点头，又把视线瞄向昌子向警察问道：“她可以先回去吗?”接着他又补充道，“反正她和我见到的都是同一件事。”

“这可就为难了。”警察沉声答道，“你们两位如果不同时留下会让我为难的。如果让她回去，我可得负责任啊!”

这名警察年纪尚轻，难怪这么不通人情。

昌子露出微笑对田岛说道：“我没关系。”随即她又加上一句，“我已经没事儿了。”

的确，她的声音已经不再颤抖了。但是，脸色依然苍白。

大约过了五分钟，南多摩警署的巡逻车响着尖锐的警笛到了。几名神情紧张的警察快步下了巡逻车，原本宁静的派出所立即喧闹起来。

派出所的警察向身材略微发福的刑事部长介绍了田岛及昌子这两名发现人。田岛递上报社的名片，刑事部长“哦”了一声。田岛弄不清这声“哦”到底是什么意思，或许部长是认为出现了意料之外的麻烦人物吧。

田岛和昌子被围在中间，一行人浩浩荡荡地前往现场。途中，两人受到询问而两度说明了案情。刑事部长边听边点头，对于两人所说的话似乎大致上予以采信。

来到林荫夹道后，刑事部长一边对反弹到身上的小树枝皱起眉头一边问田岛：“你们两人为何会选择这条路呢？这条路是旧路，最近几乎没有人走了。当然它还是可以通到山顶。”

“我们是按照路标的指示走的。”田岛答道。

“没错。”同行的派出所警察也高声插嘴道，“我刚才就注意到了，路标的指示摆反了。一定是有人恶作剧。最近的登山者实在是缺乏公德心。”

“待会儿把路标重新摆正。”刑事部长没好气地说道。

天空出现了云彩，陈尸的地点变得幽暗。攀下山崖的法医不断用闪光灯拍照。一名警察从死者的口袋里掏出驾驶执照。田岛从那名警察的背后偷瞄了一眼：

东京都新宿区左门町××番青叶庄——久松实

从驾照上的相片来判断，这就是死者本人了。田岛立即把姓名及住址写在记事本上。

田岛瞄了一下手表。时间刚过十二点，距晚报的截稿时间还有一个钟头。如果立刻打电话给主编，应该有办法找个人去调查久松实的身份，然后写成一则报道。田岛急忙奔上崖顶。

“我去打个电话。”他对站在山崖边注视众刑警活动的昌子小声说道，“对他们要保密。如果说了出去他们一定会反对的。我打完电话后马上回来。在我回来之前，得请你帮忙圆个谎好吗?”

“好的。”

“就是这样，拜托你了，我看你倒挺适合当新闻记者的老婆。”

说完田岛不禁脸红了，因为在此之前，两人从未提过结婚的事。

# 第二章　信纸

## 1

警视厅搜查一科的中村警部助理，抵达南多摩警署听取案情报告，时间是在下午三点过后。他还和发现案件的那对情侣见了面。男方的相貌相当面熟。他曾经有遭到这位田岛记者日夜纠缠的恼人经验。

“我是本案的目击者，所以这次不是以新闻记者的身份，而是以一个市民的身份和警方合作。”田岛说道。

“这个嘛，我们暂时只能相信一半了。”

中村苦笑道。他心里明白，该记者所属的日东新闻社已经独家在晚报的第一版简短刊出这次的案件。如果真的有心尽一个市民的责任，就不该搞这种花样。反正对方是个记者，肯定是趁着刑警不注意之际偷偷打了电话。

尽管如此，也不能光凭这样就认定田岛及女友山崎昌子的证词不可靠。就周围的状况加以判断，中村认为两人的证词应该可信。如果两人当真做了伪证，那未免心机太深了。

中村比较重视的是，田岛由死者口中所听到的最后一个字。据田岛说，那个字确实是“Tian”。光凭这样，实在无法理解其中的含意。可能死者是想说出某个人名，也可能是暗示某件事物。

（在临死之际，被害者应该是想说出凶手的姓名吧？）

这是很有可能的，如果确实如此，那么这个线索便很重要。当然，仅仅一个“Tian”字不可能是姓氏。田岛也作证，被害人还想说出底下的话，但来不及说完就死了。

“Tian”这个音可能是“田”或“添”，甚至是英语的“ten”等词，如果是指人名，那么中村认为或许应该是“天”字没错。姓氏的第一个字出现“天”字的情况虽然比较少见，但也并非不可能。像中村自己就有一位远亲长者名叫“天藤德太郎”呢。

中村暗想，无论如何得先调查被害人的周边，如果发现和“Tian”有关的语汇则必须特别留意。

## 2

其次，引起中村注意的是凶手所使用的凶器。

那不是普通的匕首，而是由一把长约二十五厘米的圆柱形锉刀改造而成，前端磨得十分尖锐，刀身像是双刃的刀剑，连护手也是手工打造的。整体而言，与其说是匕首，不如说是刺刀较为贴切。再不然，也可以说是长矛的矛尖，刀刃的部分被全部涂成黑色。

中村觉得凶手还真是大费周折。难道是找不到合意的凶器，所以才不得不自行打造刺刀吗？抑或是有什么特别的理由，所以必须使用自制的刀？

至于为何要把刀刃涂黑，中村也是一头雾水。涂黑刀刃固然可以避免引人注目，不过如果只是顾虑到刀刃的反光，大可把匕首插入刀鞘内。

至于握柄的部分，倒是保留了锉刀的原本形状。虽然已经做过精密的指纹采样。但上面只发现被害人的指纹。大概是被害人想拔出刺刀时留下的吧。

根据田岛和山崎昌子的证词。中村在脑海中勾勒出被害人久松实遭到凶手袭击时的大致状况。

久松和凶手一同前往三角山。凶手可能早就打算杀死久松，也可能是在途中因争吵而临时起意下了毒手，虽然目前无法确定，但中村觉得应该是前者。因为一个无意行凶的人应该不会随身携带一把涂黑的刺刀，更何况只不过是攀登一座两百米的小山，根本没必要携带登山刀。显然凶手先把久松实引诱至林荫夹道，然后再出其不意地以刺刀猛刺久松的胸部。

行刺之后，凶手立即朝车站的方向逃逸，而被害人则往相反的方向求救。或许被害人是打算向走在自己前面的田岛和山崎昌子求救吧。

中村摊开南多摩的地图，推敲凶手可能逃逸的方向。他认为有以下几种可能：

1. 从京王线的“圣迹樱丘”的车站搭乘电车逃逸。

2. 特意步行一站或两站，然后搭乘京王线电车。

3. 乘坐公共汽车——这儿的公共汽车开往八王子。

4. 开自己的车来，也同样开车逃逸（包括摩托车、脚踏车）。

5. 南多摩位于本县和神奈川县的交界处。凶手可能步行约八公里而逃往神奈川县。

6. 除京王线之外，附近还有南武线（川崎一立川）电车通过。凶手步行至南武线的最近车站（南多摩车站），然后乘车。

如果对这些一一加以调查，或许能掌握到一些线索。案发当天是工作日，而且时间又在中午十二点左右，所以乘客必然不多，因此车站工作人员或公共汽车司机有可能记住某些形迹可疑的人。

中村把案发现场附近的调查工作交代给南多摩警署处理后，自己先行返回了警视厅。

## 3

返回东京后，中村带着老练的矢部按照驾照上的地址造访青叶庄。

位于四谷三丁目和信浓町之间的左门町一带是公寓集中地。大部分是涂着灰泥的简陋木造公寓，青叶庄也是其中之一。在管理员的引导下，中村和矢部进到了久松实位于二楼的房间。

里头隔成六张草席及三张草席大小的两个房间，还附带一个小厨房及一间厕所。房内还摆设几件贵重物品。

“久松实靠什么谋生?”中村问管理员。

这名管理员是一名年近五十的妇人，对久松实的死讯似乎丝毫不感到悲伤。或许是因为被害人的性格惹人讨厌之故吧。

“他好像是在杂志社工作。”管理员答道，“是一家叫做‘真实周刊社’的杂志社。不过，不是正式的职员，该怎么说呢？就是自己撰稿卖给杂志社。”

“自由撰稿人?”

“对，好像就是那种人。可是最近听他发牢骚，说什么没有工作来着。”

“发牢骚归发牢骚，生活倒好像突然奢侈起来了嘛。”矢部环视屋中摆设后对中村说道，“照相机、立体音响、小型电视机、装满西装的衣橱、床铺，还有高级的桌子。”

"好像是做了许多坏事而捞了不少钱吧。"管理员答道。中村和矢部不禁面面相觑。

"说具体些，是什么样的坏事?"中村问道。

这名管理员眨眨眼睛："详细的情形我不清楚，似乎是靠女人吃饭以及向人勒索，等等。"

"勒索?"

"是的。他也对我说过这种事。说是任何人都有把柄，只要抓住别人的把柄，就能捞钱了。"

"是利用新闻题材向当事人勒索吧。"中村看着矢部说道，"或许这就是他遇害的原因。"

桌旁堆置着二十来本相同种类的周刊。中村从中抽了两本浏览。封面是一名穿着红色衬裙的女郎，从女郎的放浪姿态不难猜出杂志的内容。女郎的肩部附近印着"独家报道——女星A小姐的欲海浮沉"这一耸人的标题。

杂志的名称是《真实周刊》，杂志社的名称则是"真实周刊社"。中村把杂志卷成圆筒状，塞进了口袋里。

"我到这家杂志社查查看，"中村对矢部说道，"你留在这里，找找看有没有什么线索。"

## 4

真实周刊社位于神田，在一栋旧大楼的三楼。中村到达时已经是晚上六点过后，因此整个办公室的电灯已经熄灭大半，只剩一间外头贴着"编辑室"的房间依然灯火通明，里头传来说话的声音。

中村呼唤了一声后，立即有一名头戴鸭舌帽的高个儿男人伸出头来。中村出示了自己的证件后，那男人微微露出惊讶的表情，但很快请他进到屋内。

屋内另有两名神态疲惫的年轻男人。桌上堆着吃过的拉面空碗，烟灰缸中的烟蒂堆积如山。

"刚巧正在召开编辑会议。"戴鸭舌帽的男人说道，然后递出一张印着"真实周刊主编　横山知三"的名片，"会议差不多也该结束了，所以请你尽管问吧。但是请别问我为什么要出版这种杂志，否则我还真不知怎么回答呢。"

"我对文字一向头痛。"中村笑道，"再说，我也不清楚贵刊的性质。今天来访纯粹是为了久松实的事。你知道他遇害了吗?"

"我在晚报上看到了报道。"

“久松经常给贵刊投稿吧?”

“是的。我有时会向他买稿。”

“你认识他多久了?”

“四年左右了。对，是四年。”

“依你看，久松实是个什么样的男人?”

“这可难倒我了。”横山隔着帽子搔了搔脑袋，

“总之，他是个很好用的人，最擅长挖掘别人的秘密。我从他那里得到许多有趣的新闻题材。”

“听说他曾经利用那些题材向人敲诈，你知道这事吗?”

“我听过这种传闻。”

“你认为他当真干过吗?”

“大概干过吧。我这样说好像是在说死者的坏话，但那个人只要有钱可捞，什么事都做得出来，就连本公司也曾经蒙受其害呢。”

“受了什么害?”

“例如他来电告诉我们掌握了有趣的新闻题材，我信以为真，把版面空下来等消息，但是左等右等都没见到他出面。最后打电话到他的公寓询问，他竟然毫不在乎地说无法提供了。他的回答显然是谎言，一定是早就盘算好了，与其把丑闻卖给我们，不如卖给当事人比较有油水可捞，所以就这样卖掉了。”

“这是一种勒索行为吧?”

“啊，没错。假如只把原稿卖给我们，他应该负担不起那样奢华的生活，因为他的生活似乎相当阔绰。”

“你想得出是谁杀死久松的吗?”

“这个嘛，”横山歪着脑袋，“我想不出来，因为我对他的私生活了解不多。”

“你最后一次见到久松是什么时候?”

“嗯，是什么时候……”横山把视线转向在一旁听着的那两名编辑，“久松上次是什么时候来的?”

“三天前。”其中胖胖的编辑答道。

“好像是来领取剩余的稿费。”

“对，那是三天前的事情。”横山点了点头又对中村说道，“十二号下午二点左右，他来过我们这里。”

“当时他说过什么吗?”

“没有，只是默默地等待会计开支票。我记得，他在等待的时候曾随手在

纸上瞎画着什么。”

“那张纸呢?”

“好像被他揉成一团丢入垃圾桶了。”

“哪一个垃圾桶?”

“就是放在房间外的那一个。”横山答道，随即想到什么似地说道，“今天早上垃圾桶已经满了，所以拿出去倒了。”

“倒到哪里?”

“这栋大楼后面的一个大垃圾箱里。那张涂鸦的纸真有这么重要吗?”

“还不知道，但是人在随手涂鸦时往往会透露出真正的心意。如果久松的心里有牵挂的事儿，那么可能就会写下些什么。”

“如果真要找，我来帮你。”

横山说着和那两名编辑同中村一起到大楼的后头。

那个水泥垃圾箱里塞满了垃圾。一掀开盖子，恶臭立即迎面扑来。四个人苦着脸开始干这桩苦差事。由于照明全赖暗淡的街灯，所以进行得并不顺利。

中村的双手一下子就变得污秽不堪。经过将近十分钟的苦战，横山终于喊了一声“找到了!”同时用手指夹起一团皱巴巴的纸。

“就是这张。”横山说道。

中村把纸团接过来，慢慢打开了。这是一张二百字的稿纸，上头用圆珠笔胡乱写着一连串重复的字：天使是摇钱树。

## 5

中村在口中重复念着这句话。念着念着，他想到一件事。

那是日东新闻社的田岛记者的证词。田岛证实，当天久松实在临终之际曾经说了一声“Tian”。那个“Tian”是否就是指“天使”？或许久松实向“天使”这个人（或物）敲诈了一笔钱，因此这个“天使”才对他施以报复。

(然而，天使到底是指什么呢?)

左思右想，仍然无法找出答案。

中村返回警视厅后，立即到图书室翻阅百科全书。

[天使]

一般认为是介于神明和凡人之间的媒介，是一种把神意传达给凡人，并把凡人的祈愿传达给神明的使者。佛教、基督教及波斯教皆承认天使的存在。

在佛教的净土中，有能够自由飞翔的天人及阎罗王的使者等。

希腊文中，天使是“使者（Aggelos）”之意，广义上包含侍奉神明的祭司、先知等。然而，在基督教的用语中，天使被定义为具有超凡智慧及能力的灵体。在混沌之初，众天使皆圣洁而幸福，然而，在历经试炼之后，以撒旦为首的众天使背叛了上帝，使天使出现了“善天使”和“恶天使”之别。由于善天使效忠上帝，因此更加圣洁而获得天国永恒的福分，而恶天使则遭贬至地狱受到永劫的惩罚。此一恶天使被称为“魔鬼”。善天使经常赞美上帝、侍奉上帝，并且守护世人。世人各有一守护天使，天使会劝人行善并避开恶事，以使使世人蒙受永生的福分。

在天主教的教堂中，每逢晚祷时会敲响“天使之钟”，这是为了纪念天使把耶稣投胎的神意告知圣母玛利亚。

在基督教绘画中，天使被描绘成生有双翼的年轻人或幼儿，是以音乐来赞美上帝或向世人传达上帝旨意的使者。

（摘自平凡社《世界大百科事典》，1957 年版）

看完后，中村仍无法从中找到案情的关键。既然说“天使是摇钱树”，那么久松笔下的天使显然是世俗的意义重过宗教的意义。再怎么说，应该不至于因为捡到了纯金的天使像而发生争夺，最后导致杀人案吧。中村认为在现实中不会发生类似“马耳他之鹰”金像的案件。

八点过后，矢部从左门町的公寓返回。

“我总觉得自己的本性和搜寻证物合不来。”

矢部对中村苦笑道。身为柔道三段的刑警，与其从事翻箱倒柜的搜证工作，倒不如和凶犯格斗了。

“或许在搜证上还有些遗漏之处，不过我倒借回了两样有意义的东西。其中一样是银行存折。”

“说到存款，我自己倒也存了一些。”

中村一边闲聊，一边看着矢部递过来的那本以久松实之名开立的存折。

“好像久松没有亲人，所以我写了一张借条给管理员。存款金额是五十万日元，这金额没啥稀奇，有意思的是存款的方式。”

“原来如此。他分成两次存入，六月五日存了三十万，另一次是十月三十日的二十万。”中村斜睨着存折上的数字说道。

“我觉得这其中似乎散发着犯罪的气味。”

“或许是勒索来的金钱，你认为呢？”

“我也是这样认为的。这钱应该是勒索来的。在他的房间里，你有没有找到其他和天使有关的物品？”

“天使吗？”

一头雾水的矢部反问道。于是中村取出在真实周刊社找到的那张久松实的纸片，向他说明事情的原因。

“在你回来之前，我一直在想，到底是什么天使能成为摇钱树，但是找不出确切的答案。”

“天使也分许多种呢。”矢部歪着脑袋想着，“街头天使是天使，白衣天使也是天使。人类之外，还有一种热带鱼叫做‘天使鱼’呢。”

“天使鱼能成为摇钱树吗？”

“是啊，那好像是一种很便宜的热带鱼，大概没什么赚头吧。”

“没赚头的天使就不必列入考虑了。”中村苦笑道，接着又问，

“你说另外找到一样东西，是什么？”

“我不知道和天使有没有关系，我在抽屉里发现几张同一名女子的照片，所以借回了一张。这个女人和久松或许有某种关系。”

说着，矢部从口袋中掏出一张照片摆在了中村的面前。这是一张一个年轻女人露出笑容的照片。虽是黑白照片，但不难看出那女人化了浓妆。女人的五官相当清秀，年龄二十五岁左右，看起来不像是寻常妇女，大概是女明星之流吧。

“看起来倒称得上是天使。”中村看着矢部说道，“这个女人叫什么？”

“这就不清楚了。管理员曾见过这个女人，但不知道她的姓名。”

“有谁知道吗？”

中村向其他的刑警问道。如果这女个人是电视或电影演员，那么刑警当中或许有人见过，至于中村本人则是完全没有这方面的常识。

三名刑警挨近两人身边观看照片，其中最年轻的宫崎低呼了一声：“啊？”

“你认识吗？”中村问道。

宫崎用手搔了搔脑袋：“这个嘛，其实……”

“你说说看。”矢部从旁插嘴道。

“上次的休息日，我到浅草看过脱衣舞。”年轻的宫崎红着脸答道。

中村闻言露出了苦笑：“刑警看脱衣舞也不算什么坏事，尤其像你这样的年轻人。这个女人和脱衣舞有关吗？”

“我去的是一家叫做‘美人座’的剧场，这女人好像是那里的脱衣舞女郎之一。”

“听你这么一说，我也觉得她很像是脱衣舞女郎。你记得她的名字吗？”

“不记得。不过我留了当时的节目表，上头应该有她的名字。那张节目

表，”宫崎伸手到裤袋中掏摸，喊了一声，“有了！”然后，他掏出一张皱巴巴的纸片。

这张纸片的正面印着脱衣舞女郎的照片及“BIJINZA”① 几个罗马拼音字母。宫崎把纸片翻过来，背面印着曲名及其他脱衣舞女郎的名字。

“我记得她是跳《闺阁夜曲》的。”宫崎喃喃自语道，随即又喊了一声，“有了。”

“这儿印着她的艺名，叫做天使・片冈。”

“天使？”中村不禁提高了嗓门。

① “BIJINZA”是“美人座”的日语发音。——译者注

# 第三章　天使·片冈

## 1

中村和矢部赶到浅草时已是九点过后。就连六区①的游乐街也已经人烟稀疏，只剩下霓虹灯还兀自一闪一灭，但每家剧场的售票窗口皆已关闭。再过一小时，最后一场“演出”就要散场，而六区的一日也将落幕。

“美人座”位于电影院的地下室，入口处贴满了脱衣舞女郎的照片。

“有了。”矢部指着其中一张照片说道。

果然就是那张照片中的女人。贴在上头的是女人袒胸露乳的剧照，照片底下用笔写着“魅力十足的裸体舞女天使·片冈”。

“宫崎喜欢看脱衣舞，还真帮了大忙呢。”中村对矢部笑道。

这儿的售票处也已经关了，两人步下陡峭的阶梯，入口处昏暗无光，令人有一种进入地窖的感觉。一推开笨重的大门，立即传来鼓声及小喇叭的声音。场内一片幽暗，得耗些时间才能让眼睛适应。

和幽暗的观众席正好相反，在蓝色的灯光下，舞台显得极为明亮。细微的烟尘飘浮在照明的光线中，两名脱衣舞女郎正在烟尘漫漫的舞台上跳舞。舞台及脱衣舞女郎让中村感到一股亲切感，仿佛是在观赏一场夜市的清凉秀。

在狭窄的通道左侧有一扇门，上头贴着一张写着“办公室”的纸条。中

---

① 浅草的六区是红灯区。——译者注

村敲了敲门。然而，或许是乐队的喧闹演奏声淹没了敲门声，门内并未回应。

他再次用力敲门之后，门总算打开了。一名戴着眼镜的年轻男人探出头来。那是一名颧骨凸出的瘦削男人，脸色苍白得可怕，不过这或许是蓝色灯光反射造成的。

当他得知访客是警察之后，先是微微地皱起了眉头，然后用冷淡的声音说了声“请进。”随即，他把他们请了进来。

房内狭窄不堪，面积大约不到三平方米，只摆了一张桌子及两张圆凳，此外别无他物。他一屁股坐在桌子上，然后招呼中村及矢部在圆凳上坐下。由于天花板很低，又是一个四面只有光秃墙壁的狭窄处所，令人感到有些喘不过气来。

“这里有一位名叫天使·片冈的脱衣舞女郎吗？”中村向这个男人问道。

这个男人点头应了一声“嗯”，然后掏出皱巴巴的烟点上火：“那女孩儿怎么了？”

“我想找她问些话。”

“她做了什么事吗？”

“还不知道。能让我见见她吗？”

“我很乐意，只是她今天正巧没来。”

“病了吗？”

“这我就不知道了。”这个男人有气无力地答道，“那女孩儿身材好，舞也跳得不错，只是情绪有些反复无常，时常会消失呢。”

“消失？”矢部插嘴问道，“这是怎么回事？”

“也没什么大不了。只要有钱可赚，她便一声不吭地跑到外头去演出。这里散场之后，其他的女孩儿也都会到酒吧跳舞兼差，但她们都是等表演结束后才去，而且也会先打声招呼。但‘鱼糕’就不同了，只要听到有钱赚，连一声招呼也不打就溜了。”

“鱼糕？”

“噢，是她的绰号，她的奶子柔软得就像圆锥形的鱼糕。”

“原来如此。”见到老练的矢部一本正经地点头称是，中村却忍不住窃笑。

“关于她的反复无常，能再多透露些吗？”

中村恢复了正经表情，催促这个男人说下去。他点了点头，把烧得短短的烟屁股扔进身旁的茶杯中，发出刺的一声。

“那是很久以前的事了，她曾经消失了两个多月。你猜她到哪里去了？”

“是去国外了吗？”

“差不多，反正南方的琉球群岛也像是国外嘛。”

“琉球?”

“听说在琉球跳舞挺有赚头呢，交通费及伙食费由对方支付，一个月便可净赚十二万到十五万元。再说还可体验一下到外国旅行的滋味，难怪她会想去。只是一声不吭就走，我这里实在……”

“等一下。”中村打断对方的话，“她是什么时候去琉球的?”

“今年四五月。等到六月二号或三号才突然回来，还一副满不在乎的样子。”

“交通费及伙食费由对方支付，那么两个月有可能存到三十万元了吗?”

“以她的身材来说，应该可以签到每个月十五万元的契约。只要不乱花钱，是可以存到这个数目。不过，她们这些女孩儿总是喜欢胡乱买些无聊的东西。”

“她回来时有没有买什么贵重的东西?”

“没有。说到这一点，她平常是个花钱大方的女孩儿，上次却没买任何礼物回来，惹得其他女孩儿怨声连连。”

“这样说来，她可能一毛钱也没花，把三十万全部带回来喽?”

中村向对方加问了一句，然后和矢部对看了一眼。

久松实的存折中记着在六月五日存入了三十万元。片冈在六月二日或三日回来时，恐怕身上就带着赚来的三十万。一切情节都符合了，久松向天使·片冈勒索，而片冈或许就是为了筹钱而飞往琉球。但十月三十日的二十万元也是她拿出来的吗?

“她在九月或十月是不是又去了一趟琉球?”

中村问道，但这个男人摇了摇头：“没有，最近她倒是很认真地在这里表演。”

中村对这个回答略感失望。然而就算没去琉球，也不表示十月三十日的二十万就不是她付的。脱衣舞女郎的薪水应该高过一般的上班族，而且这个男人还说过，脱衣舞女郎有很多赚外快的机会。或许久松尝到了第一次三十万元的甜头后，第二次他还会再次勒索二十万元呢，到了第三次片冈不堪长期遭受勒索便会采取措施了吧。

这事大有可能。总之，必须先见到片冈，然后对她详细调查。

“她的住址呢?”

“她住在新宿柏木的一个叫‘白鸟庄’的公寓。就位于电信局后面，很容易找。”

“你认识久松实这个男人吗?”

“久松?不认识。是她的男友吗?”

"可能是。这个男人和一本叫做《真实周刊》的杂志有些关系。"

"《真实周刊》?"这个男人用手轻轻地拍了拍额头,"我知道这本杂志。'鱼糕',不,片冈的照片曾上过这个杂志的封面。当初有个男人来后台找她谈封面的事,或许就是那个久松吧。年纪大约二十五六岁,高个子,人长得还挺帅的。"

"就是这个男人。"中村答道。

"久松是什么时候来的?"

"今年的二月间。"

中村觉得时间吻合。或许久松是以拍封面照片为由和片冈接触而掌握了某些秘密,再加以勒索。也或许是先掌握了秘密后才借故和她接近,不论如何,有件事似乎是可以确定的,那就是脱衣舞女郎天使·片冈曾经遭到久松实的勒索。

"最后再请教一件事。她的本名叫什么?"

"片冈有木子,二十五岁。在我们这行已经算是上了年纪的女人喽。"这个男人"残酷"地说道。

## 2

中村两人到达新宿柏木时已经是夜里十点十分了。虽然不是登门造访的适当时间,但既然和杀人案件有关,也就顾不得那么多了。

"白鸟庄"是一栋和久松实所住的青叶庄类似的简陋公寓。两人找到睡眼惺松的管理员,管理员说天使·片冈,也就是片冈有木子正在自己的房里。

两人上前去敲门。

"谁?"

房屋里传来一个年轻女人的声音。中村毫无顾忌地继续敲门,终于房内传来脚步声,然后房门打开了。

身穿居家便服、头上缠着黄色毛巾的有木子狐疑地看着两人,然后尖声问道:"你们是谁?"

中村一声不吭地取出证件给她看,女人刹那间变得面无血色。"我要是拒绝,你们还是会进来的吧?"有木子赌气地问道。

大概是因为衣橱已经塞满了,所以有好几套华丽的服装就挂在墙壁上。房内摆设着一组兼具桌子用途的大型三面镜台,还有一张和室内装潢毫不搭调的豪华床铺。室内的一切尽收眼底。

中村瞄了一下三面镜台的对面,发现地上整整齐齐地摆着两只旅行箱。

“你要外出吗?”中村问道。

有木子一屁股坐在床上应了一声:“对,明天一大早出发。”

“目的地是琉球吧?”

“你是怎么知道的?”有木子瞪大了眼睛。

中村露出微笑:“我是胡乱猜的。你今天没去表演,请问你到哪里去了?”

“干吗问这事儿?”

“因为你可能和一桩杀人案件有关。”

“我不明白你在说什么?”

“久松实今天在南多磨的三角山被人杀害了。你认识这个男人吧?”

“不认识。什么久松实?”

“你说谎也没用,久松实的房里有好几张你的照片。况且‘美人座’的经理也证实你认识久松实。”

有木子默默地斜眼看着中村和矢部,脸色逐渐苍白,半晌才咬着嘴唇答道:“好吧。”

她继续说道:“我是认识久松实。但只不过是因为他想用我的照片当周刊的封面,所以才来找我。我和他只见过两三次面。”

“既然你这样说,我们就相信你吧,但请你回答刚才的问题。你今天在什么地方做了什么事?”

“我和签约的N经纪公司人员去外务省拿护照。接着拍了些宣传用的照片,然后就回家了。你们不信,我可以拿护照给你看。”

“时间呢?你是几点去外务省的?”

“我是三点出的门。”

“在此之前呢?”

“在床上睡觉。”

“你一个人吗?”

“当然了!”

“你是说你从十点到十二点之间都在睡觉?”

“对。”

“有人能证明你这段时间一直都待在房里吗?”

“当然没有。”有木子尖声答道,“有谁会在睡觉时找个人在一旁监视呢?”

“那么太遗憾了,你明天去不了琉球了。”

“你别开玩笑了。”有木子一下子从床上站了起来,瞪着中村两个人,“我已经和N经纪公司签下了合同,护照也拿了,连宣传照片都拍好了。”

“我会打电话通知N经纪公司，说你不能去了。这是杀人案，我们不能让你成行。”

“可是杀死久松的人并不是我啊！”

“你能证明不是你吗？”

“反正不是我！”

“光这样说可行不通。因为久松遇害的时间是十一点左右，你并没有‘不在现场证明’。”

“我不是说过在我床上睡觉吗？”

“你这么说是扯不清的。”中村耸了耸肩，“总之，明天的琉球之行取消了。如果你想要潜逃，那我只好把你当成犯罪嫌疑人逮捕。听说你在四月和五月也去过琉球，是吗？”

“是啊。”

“那两个月你在琉球所赚的演出费呢？应该有三十万吧？”

“我花掉了。”

“花到哪里了？”

“忘记了，总之是花掉了。”

“是交给久松实了，对吧？”

“凭什么我必须拿钱给久松？”

“你有把柄落在久松的手上，所以遭到他的勒索，不是吗？”矢部说道。

中村冷眼观察有木子的神色，清楚地看到她的神色陡然一变。虽然她用惊慌的语调敷衍了一句“没有这种事”，但中村确信自己的臆测完全正确。

对久松实而言，这女人肯定是棵摇钱树。这可算是名副其实的“天使摇钱树”啊！而且，她又没有不在现场证明。如果没猜错，可能明天的琉球之行也是事先计划好的潜逃行动。

于是中村和矢部再次叮咛有木子不能离开东京，然后他们一起离去。

## 3

他们走到屋外才发现，十一月的夜晚果真是寒气逼人。矢部一边竖起外套的衣领一边问中村：“要申请逮捕令吗？”

“时机还不到。不但还有疑点，而且也没有证据显示她就是凶手，首先得掌握确实的证据才行。我希望能找到这个女人出现在案发现场的证据。”

“在这段期间，或许她会设法潜逃的。”矢部仰头看着透出灯光的有木子房间，“如果她是凶手，必然会设法逃跑，因为她已经有了赴琉球的护照。我想她可能会先逃往琉球，然后再转飞香港。”

“很有可能。”中村点头赞成。

“让我来监视吧。”矢部说道，“十点之后，羽田机场应该就没有班机起飞，不过还是谨慎些好，何况她也有可能逃离东京。”

“那就拜托你了。”中村对矢部说道，“待会儿我派宫崎过来支援你。”

中村再次仰头看了一眼那间公寓，然后返回了搜查一科。他打发留守在办公室的宫崎前去支援，然后中村给南多摩警署拨通了电话。

电话接通了，但南多摩警署的刑警在电话中显得没什么精神。

“我们目前还没有重大发现啊！”接电话的刑事部长说道，“天黑后，我们的人员用手电筒在现场附近搜索，却没有找到任何可能是凶手所遗留下的物品。”

“查出是谁把路标动了手脚吗？”

“没有。大概不是本地人干的。昨天是星期六，好像有五六名登山的人登上了三角山，或许是那伙人干的。”

“探听的情况呢？”

“这个嘛，”对方的语气显得更没有底气了，“也没有发现有用的线索。”

“明天我会寄照片过去，请你根据照片重新加以调查。”

“已经知道凶手是谁了吗？”

“不，只是发现了一名嫌疑人。是一名二十五岁的脱衣舞女郎，叫片冈有木子，用天使·片冈的艺名从事表演。有迹象显示，她曾遭到死者久松实的勒索。”

“听起来有些可疑。如果能找到那女人出现在三角山的证据就好了。”

“全拜托你了。”中村说道，“其他还有什么值得注意的发现？”

“有一桩我认为和案件没啥关联的事儿……”对方拘谨地答道，“就是附近的一个农家前来报案，说是丢了一个稻草人。由于已经收割完了，所以丢了稻草人倒也不至于造成多大的麻烦。”

“稻草人吗？”中村的表情也显得有些泄气。然而，他又无法用冷漠的语气来回答向他报告这件事的南多摩警署刑警。

“很有趣吧？”对方向中村说道。

“是否经常发生稻草人丢失的事情？”

“以前曾发生过两次。是来游玩的登山的人一时好奇而拔走的。最近的人简直是太没公德了……”

根据南多摩警署刑警的说法，这次的稻草人丢失事件显然又是登山的人的恶作剧。中村也这么认为，毕竟遭杀害的是个活生生的人，而不是竹子和稻草编成的稻草人。

中村挂断了电话。刚放下话筒，电话铃声又紧接着响了起来，是奉命前往支援矢部的宫崎打回来的。

“我刚到了这里，但没看到矢部的人影。”

“没看到?”一阵轻微的不安袭上中村的心头。“片冈有木子呢？在房里吗?”

“房内的灯亮着，但不知道人在不在。”

“你去查查看，说不定逃走了。”

“我立刻去。”

电话随即挂断。中村感觉自己有些沉不住气了。

根据矢部的失踪的状况来判断，片冈有木子很可能已经逃走了。由于矢部是个老手，想必会立即在后跟踪，令中村担心的是，矢部只是单枪匹马。原则上，跟踪或监视应由两人以上进行。因为单独一人有可能被对方甩脱。正因为有这种顾虑，所以才立刻派宫崎前往支援，但或许已经迟了一步。

但是，电话旋即又拨了进来。

“片冈有木子不在房间里。”宫崎在电话里说，他的声音中透着紧张，“我请管理员打开房门，但房内空无一人，旅行箱也不见了。我该怎么办呢?”

“现在也无从追起了。你就在那里搜查一下她的房间吧。既然逃跑了，可能她就是凶手，搜搜房间或许可以找到些蛛丝马迹。”

“明白了。”

中村放下了话筒。

时间已经过了十二点，今天已经是十一月十六日，案发日期成了昨天。

矢部的跟踪行动是否顺利？从她房里，宫崎能否找到证明她是凶手的证据？中村为了让心情镇静下来点上一根烟。他起身望向窗外，高楼林立的大街上看不到闪烁的霓虹灯。

中村又把视线投向漆黑的天空，发现外面正下着毛毛细雨，也不知道雨已经下了多久，这雨或许该称为“烟雨”吧，因为飘落的是如烟雾般的蒙蒙雨丝，如果把窗子关上，甚至听不到一丝雨声。

当第一根烟化为灰烬之际，桌上的电话又响了，中村伸手抓起话筒：“是宫崎吗?”

“不，我是矢部。”电话里传来干涩的声音，“天使死了！片冈有木子死了！”

## 4

中村在一瞬间没有清楚矢部这句话的意思。

“死了？是自杀吗？”中村也用干涩的语调问道。

“不，是意外事故。”

“意外事故？到底是怎么回事？”

“您离开后，那个女人立即拨了一个电话。我原先以为她是打给N经纪公司取消行程的。打给N经纪公司一事倒是让我猜中了，然而内容却似乎是要求代为安排逃亡行动。打完电话后不久，便有一名年轻男人开车来接她。她从后门溜出，我来不及阻拦，便立即拦了出租车在后面追赶。”

“她乘坐的那辆车发生了意外事故吗？”

“是啊。对方知道后面有人跟踪，便加速逃跑，我估计对方的车速大概有八十公里。他们在由四谷贯穿至有乐町的都电大道上横冲直撞，不巧半路下起雨来。”

“嗯。”

中村握着话筒点点头，大概那场雨就是造成意外事故的原因吧？

“他们的车子一打滑，在半藏门附近撞上安全岛。”

“是当场死亡吗？”

“开车的那个N经纪公司的年轻人当场死亡。我赶到现场时，片冈有木子还有些微弱的气息，但在送往医院的途中也断了气。”

“她在临死前说了什么话？”

“没有。当时她虽然有口气儿，但已经基本无法说话了。”

“也没留下只字片语？”中村对着话筒轻轻叹了一口气。

“现在该怎么办呢？”

矢部用疲惫的语调问道。他此刻的心情一定是百感交集吧？因为他所追捕的嫌犯在一瞬间变成了黄泉路上人。

“你现在在哪里打电话？”

“英国大使馆旁的一所医院。”

“她的行李箱呢？”

“应该还在事故现场。”

“辛苦你了，请你把行李箱带回来好吗？”

“好的。”矢部沉声答道，接着又问道，“可以请问你一件事吗？”

“什么事？”

“你认为片冈有木子就是杀死久松的凶手吗?”

“我还不能肯定。但她既然要逃，我认为她一定是心里有鬼。你的看法也是这样的吧?”

“我不知道。”矢部在话筒中的声音变得很微弱，“如果她是无辜的，那就是我害死了她。”

“没有这回事。”中村大声说道，“你没有任何责任，只怪她自己要逃。”

中村用强调的语气说道，然后挂断了电话。

# 第四章　天使酒吧

## 1

记者们并不知道警方追赶片冈有木子一事，但她因交通事故而丧命却正好让事情曝光。

获知送片冈有木子到医院的人是搜查一科的矢部后，记者们便要求科长进行说明。因为一科的老练刑警不会毫无缘由地在半夜里拦出租车追人，何况矢部又担任杀人案件的侦查工作。虽然不情愿，但一科科长也只得承认警方已经就杀人案件锁定了天使·片冈，也就是片冈有木子。

“但是警方并没有断定她是凶手，也没有掌握任何足以定罪的证据。”

科长用谨慎的语气宣布。但对于出席记者招待会的田岛而言，他从科长的话中得到相反的信息，他觉得警方似乎相当自信。是否警方掌握了某些证据？其他的记者好像也和田岛有相同的感受，因而质疑道：“警方既然锁定了片冈有木子，一定是有什么理由吧？您能否再说明一下？”

科长和中村对视了一眼。

“这个理由就是在久松实的房里找到了她的照片。”中村代替科长回答道。

“仅仅这些吗？”

“仅此而已。”中村答道。

科长也冷静地说：“目前我们只能透露这么多。”

记者招待会就此结束，田岛觉得科长等人隐瞒了某些内幕。

他返回办公室向主编作了报告。

“事有蹊跷啊！”主编说道，“只因为被害人的房里有那个女人的照片就跟踪她吗？”

“科长和中村全都一副自信满满的样子，显然是有其他的原因。”

“到底是什么原因呢？”

“我现在才注意到。”

“什么事？”

“片冈有木子是浅草‘美人座’的脱衣舞女郎，艺名叫‘天使·片冈’。脱衣舞女郎都是以艺名在外打响名号。我猜警方锁定的不是片冈有木子，而是天使·片冈。”

“这不是一码事吗？”

“当然有差别了，我认为问题在于‘天使’。”

“是吗？”

“久松实在临死之际曾说出‘Tian’。这是我亲耳听见的，所以错不了。”

“我明白了。”主编大声说道，“这个原因就是‘天使’。”

“对，所以警方才会锁定天使·片冈。”

“这样分析起来就合情合理了。但是如果凶手是天使，那么应该还有其他人也符合天使的称呼啊？”主编露出为难的神情，“听说久松身边的女人很多，所以天使或许不只天使·片冈一个人。如果他和护士有关系，那也算是天使之一，因为是‘白衣天使’嘛。”

“还有其他各种可能。”田岛也同意主编的看法，“何况我认为天使并不一定就是指女性。比方说，假设有一艘名为‘天使号’的游轮，那么也有可能是该船的船员杀了久松，对吧？人在临死之际，意识应该处于模糊状态，所以在脑中出现的可能不是人名，而是船名。”

“言之有理啊！”主编微笑着说道，“根据你的想法，说不定还有名为‘天使’的酒吧或咖啡馆。如果调查久松实的背景，整理出和天使有关的人物，或许会很有趣。”

“假如我们找出的天使当中有一名是凶手，那可就成为独家头条新闻了。”

“是有可能。虽然警方对片冈有木子一事似乎很有自信，但我认为警方还没有掌握确切的证据，因为如果有了铁证，警方应该早就公布了。”

“我再去调查一下久松实的背景。”田岛对主编说道，然后起身离开了报社。

## 2

田岛先来到左门町的青叶庄。他到达公寓时是下午三点，或许是因为时间不巧吧，管理员一副困倦的模样。

“我想请问你一些有关死者久松先生的事情。”田岛劈头说道。

“您又来了？”管理员皱了皱眉头，“我已经和警方说过了，我对久松先生的事不太了解啊！”

“久松先生是否在某种情况下说出‘天使’这个词？”

“‘天使’吗？”

管理员歪着脑袋思索起来。

“是啊，你听过吗？”

“听你这么一说，好像是有过。但说出‘天使’这个词的并不是久松先生，而是我。”

“是你？”田岛露出不解的神情，“能请你详细说说当时的情况吗？”

“是这样的，大概是两星期前吧，有一位漂亮的女子来拜访久松先生。”

“是这个女人吗？”说着田岛从口袋中取出片冈有木子的剧照让这个管理员看。

“不是她。”管理员仅瞄了一眼便答道。

田岛瞪大了眼睛，“真的不是吗？”

“不是，这张照片中的女人我也认得，因为报上登出了她意外身亡的消息。”

“那个来访的女人后来怎样了？”

“她进了久松先生的房里，过了一会儿就神色黯然地走出来，一副欲哭无泪的表情。事后我就和久松先生提起，说他不该欺负那个天使般的女人。”

管理员喘了一口气，拿起身旁喝了一半的牛奶往嘴里送。

“然后呢？”

田岛催促道。由于出现了“天使”这个词，也难怪田岛紧张兮兮的。

“久松先生当时说了什么吗？”

“他只是嘿嘿地笑。”

“就这些吗？”

“不，随后他又说了些莫名其妙的话，他问我知不知道两个以上的天使在英文中叫什么？”

“两个以上的天使？”

“我回答说不知道。他就说出一个深涩的词，好像是‘安’或‘恩’什么的。”

“angels 吗?”

“对！就是这个词。”管理员用力地点了点头。

田岛面色凝重地交叉着双臂。这件事似乎让主编说中了。难道除了片冈有木子之外，还有其他的“天使”？然而，其他的“天使”到底在哪儿呢？

管理员似乎已经抵挡不住睡意了，整个脸贴在桌面上，发出轻微的鼾声。田岛拍拍她的肩膀，却唤不醒她，只好带着苦笑离开公寓。

## 3

接着田岛又去拜访了和久松有关的真实周刊社。他向这家杂志社的主编横山知三出示了自己的记者证。对方耸耸肩，露出一副“又来了”的表情。也许以前已经有不少记者来过这里了吧。

“你也是来问久松实的事情吧？其实，我所知道的根本就构不成新闻素材。”

“但久松确实曾向你兜售过新闻，对吧?”

“是的。”

“警方也来过了吧?”

“你是不是也想问同样的事?”横山厌烦地皱起眉头，“难怪一翻开每份报纸，报道的事总是大同小异。”

“但他们的确来过吧?”

“是的，他们来过了。来了两个人。他们从垃圾箱里翻出一张久松扔了的纸片，也就这些。”

“那张纸片上写些什么?”

“我怎么知道？刑警不让我看，我也不想看。”

“真的?”

“真的。”

田岛仔细地观察着对方的神色，但看不出对方是由于警方让其缄口，还是当真不知情。

“咱们换个话题，久松曾说过‘天使’这个词吗?”

“天使?”

“对，就是 angels。”

“要是‘天使酒吧’，那倒是久松常去的地方。”

“天使酒吧?”

田岛涨红了脸。由于想找的答案一下子跳了出来,因而在刹那间他整个人都愣住了。

“你知道这家酒吧吗?”

“不,我第一次听到这名字。久松是这家店的熟客吗?或是横山先生您比较熟?”

“久松比较熟。他常吹嘘自己可以在那儿签账。”

“能够签账是意味着久松和那里的老板很熟喽?”

“是啊,是一个相当漂亮的女老板。看到两人那股亲热劲儿,我还真吃醋呢!”横山对田岛苦笑道。

## 4

从新宿三丁目的大马路拐进窄巷里,向前走约五米便是“天使酒吧”。

涂成黑色的大门上写着“天使”几个字,还用白色颜料绘着一幅拉弓射箭的丘比特画像。田岛歪着脖子暗想,丘比特也是一名天使吗?好像不是,但他也不确定。不过既然背上有双翼,或许可以算是天使的同类吧。

他推开沉重的大门走进店里,立即有一名身穿紧身中国旗袍的年轻姑娘迎了上来,殷勤地挽着他的手臂到后头的座位坐下。或许是因为时间还早,又或许是因为不景气,整个店里只有田岛一个客人。

年轻的姑娘共有三名,但未见到老板模样的女人。田岛点了啤酒后问道:“女老板呢?”

“马上就来了。”

在一旁坐下的姑娘答道,这是个肥胖且面孔扁平的女人。大概是想要表示亲切的意思吧,她还故意跷高了腿,让白嫩的大腿从旗袍的开衩处裸露出来。

“能告诉我女老板的名字吗?”

“你问这个干吗?”

“听说她是个美人,所以想要认识她。”

“男人只会说同样的话,什么因为是美人所以想要认识她啦。”

“不行吗?”

“我坐在你面前,你不问我的名字,反倒惦记着女老板,不觉得有些失礼吗?”

“原来如此。”

田岛苦笑着把手伸进口袋里。在外国影片中，常出现侦探为了打探消息，而用优雅的手势把钞票塞入对方手中的镜头。他原想模仿一番，但由于不太习惯，因而掏出来的五百元的纸币被捏得皱巴巴的。他把钞票对折弄整齐，但动作实在称不上优雅。然而这个姑娘却似乎很习惯洋式作风，毫不扭捏地把那张五百元的钞票塞入双乳之间，然后嫣然一笑：“女老板名叫绢川文代。你要是还想知道她的年龄，我也可以告诉你，她自称二十九岁，其实已经三十二岁了。”

“她是一个像天使一样的美人吗?”

“美倒是美，不过是个上了年纪的天使。”

这个姑娘“咯咯”地笑道。

“听说她是久松实的相好，真的吗?”

“久松实？就是那个昨天被杀的久松吗?”

“对，他常来吗?”

“大约一星期来两次吧。”

“两人很热乎?”

“有个姑娘曾经撞见过他们两人一起进了旅馆。另外还有一个传闻，”她谨慎地压低嗓门，“女老板似乎被久松骗了。”

“被骗了?”

“好像是久松以结婚为借口，骗了她一大笔钱。”

“没想到还有女人被男人骗钱的事啊!”

田岛笑道，但内心其实相当紧张。如果她说的是事实，那么这家店的女老板便有了杀人的动机。

“被骗的事情是真的吗?”

“是真的。女人嘛，总是抵挡不住结婚的诱惑，何况女老板又上了年纪，当然会心急了。可以确定的是，久松在吃女老板的软饭。”

“被骗的是钱吗?”

“当然了，她还为久松买西装一类的东西。真可怜哪，女人到底是不中用。女老板平常虽然很好强，却拿那个男人一点儿办法也没有。”

“久松真的无意和女老板结婚吗？你凭什么说女老板被骗了?”

“那个男人哪是真想结婚呀！他来店里时还给我灌过迷魂汤呢!”

“对你吗?”

“你不相信吗？我年纪轻轻的，又不是没人要。”她拍着裸露的大腿说道，“还有呢，他和我上床时还满不在乎地说自己喜欢年轻的女人。既然要和女老板结婚，怎么还这么干，真是令人难以置信。对了，你呢?”

“什么?”

“别假正经了，你来这里还能有什么事！今晚我来陪陪你吧。”

“多谢了，但今晚我真的有事啊!”田岛苦笑着答道。

就在这时，大门被打开了，一名身穿和服的女人和新到的客人一起走了进来。田岛身旁的女人用手指轻轻戳了一下田岛的腰。

“你等的女老板来了。”

## 5

她果然是个美人。一身紫色的和服与她的瓜子脸极其相称。乍一看，她给人一种孤苦的感觉，或许是因为长相的关系吧。

田岛起身走向柜台，开门见山地向她表明自己的身份是一名记者。顿时，一抹阴影闪过她的脸庞。

“你是来打听我和久松的关系的?”

“是的。”

“如果我说和他没有关系，你会相信吗?”

“不会。”田岛微笑道，“太牵强了。”

“的确。”女老板文代也笑了。“你已经从那个女孩儿那里打听到不少事了吧?”文代将目光扫向刚才和田岛说话的那个女人，“她一向多嘴。”

“你们似乎已经谈婚论嫁了?”

“对女人而言，不论多大年纪，结婚这个词都具有莫大的魅力。”

“久松先生有意要和你结婚吗?”

“我从来不想知道久松有什么想法。”

“是害怕知道吗?”

田岛没有立即得到答复。文代掏出烟叼在嘴上，拿起火柴想要点火，却一连几次都没点着，因为她的手指不住地颤抖。田岛取出打火机替她点着了烟。

“谢谢。”文代说道，“刚才你的意思是?”

“你爱久松先生吗?”

“我不知道。我不是在说谎，事到如今我也只能说不知道，我觉得这是我真正的感受。”

“能问你一件失礼的事吗?”

“你不是已经在问了吗?”文代苦笑道，“你还想知道什么?”

“你是否恨过久松先生？和你交往的同时，他又和那个叫做天使·片冈的脱衣舞女郎发生关系。如果你恨他，也是理所当然的。”

“你的意思是，我是否会恨到想置他于死地的程度吧？”

“我可没这么说。”

“其实没什么两样。我是恨过久松，也想过要杀死他。我这样说你满意了吧？”

“那么，他是你杀的吗？”

“不是，但是我这么说，你也不会相信。”

“如果有证据，我就相信。久松先生遇害的时间是昨天上午十一点左右，他死在我的面前，不，是死在我的手臂里。”

“你？”文代微微张开樱唇，“你是他最后见到的人？”

“是的，我也听到他最后的遗言。先别管这些了，刚才我所问的不在场证明呢？”

“我的不在场证明？”

“对，你在昨天上午十一点左右的不在场证明。”

“我没有。”文代沉声答道，接着倒了一杯威士忌，一饮而尽，“做我们这行的人白天通常都是蒙头大睡，我实在不可能提出什么证明，也就是说我没有不在场证明。这样一来，你更确信我就是凶手了吧。一个遭到骗婚的女人杀死男友，这会成为一篇有趣的报道吧？”

“我不会写无凭无据的报道。”

“是吗？真遗憾。”文代突然露出哭笑不得的表情，“我对你说实话吧。”

“实话？”

“久松的确是以结婚为诱饵和我亲近的。我从一开始就看穿了他的谎言，干这一行这么多年，我至少还能分辨男人的谎言和真心话。可是我一直有一个梦，即使像我这样的女人，也难免会梦想有一个男人真心爱我而想和我结婚，所以我又给久松钱又替他做衣服。久松自以为把我骗得团团转，但事实上是我在欺骗自己。”

“我不明白，这样到头来不是伤到你自己吗？受伤的不还是你吗？”

“你这么认为也对。当然，我有时也会恨不得杀死久松。可是，如果久松还活着，我还是会继续编织这场欺骗自己的梦。久松是个下流胚子，他活该被杀，但他却是我生命中不可或缺的男人。像你这样顺利成长的人大概无法理解这种心情，等到你也遭遇爱人的背叛，受到心灵创伤以后自然就会明白的。你有恋人吗？”

田岛默默地凝视着绢川文代的脸庞。

## 6

没过多久，田岛便离开了天使酒吧。

吐露完心声之后，文代就自暴自弃地喝起了闷酒，一下子就喝得醉醺醺的，说话时舌头也大了起来。田岛弄不清楚她是真醉还是在演戏，也无法分辨文代的坦白是否属实。

她承认了自己和久松的关系，又亲口说出曾经想要杀死久松。推想起来，或许她认为与其否认，倒不如做某种程度的承认反而有利，毕竟她不是一个单纯的姑娘了。文代自己也说过，这一行做久了，自然知道该如何明哲保身。

步行在夜晚的街头，田岛想起青叶庄管理员说的话。这个管理员说过，有一位漂亮的女人在两星期前拜访过久松。当时，管理员还劝久松“不该欺负那个天使般的女人”。

那个女人会是绢川文代吗?

如果真的是她，那么根据管理员说的她“一副欲哭无泪的表情”，那么她的嫌疑就更大了，因为这意味着两人之间有过某种冲突。

田岛认为自己该向绢川文代要一张照片，只要把照片让管理员过目，真相就会大白。然而文代此时烂醉的样子，就算回去大概也要不到照片，最好是明天再去一趟，讨张照片或替她照张相。想清楚之后，田岛返回了办公室。

主编对田岛的报告似乎颇为满意：“果然在久松的身边还有另一个天使啊!”

“要是管理员看过绢川文代的照片后说文代不是那个女人，那么可能还有第三个女人。”

“有第三个女人吗?”主编略微露出羡慕的神情，“久松这家伙艳福不浅啊!”

“不过人死了，就什么都没了。”田岛答道。

他的脑海中突然浮现出山崎昌子的倩影。想到昌子，他便一点儿也不羡慕久松这种人了。

“我真想和那位美女老板见一面。”主编半开玩笑地说道。

就在这时，电话响了起来。

主编伸手抓起话筒。在电话中和对方交谈了两三句之后，他的神情开始变得紧张起来。挂掉电话后，他盯着田岛：“似乎已经不需要绢川文代的照片了。”

“可是，如果不让青叶庄的管理员过目并确认……”

"那个管理员已经死了。"

## 7

"死了？"

田岛在刹那间露出茫然的表情看着主编。几个小时之前自己才和管理员谈过话，她怎么会突然死了呢？

"是自杀吗？"

"还不清楚，好像是服用安眠药过量。"

"安眠药？"

听到这里，田岛的脑中闪现出一个影像。

那是睡眼惺忪的管理员在回答田岛问话时的神态，以及在她讲完话后趴在桌上睡觉的背影。

当时田岛曾经拍了拍管理员的背部，却叫不醒她，因而便苦笑着离开青叶庄。原先田岛以为她是疲劳再加上暖和的室温才昏昏入睡的，但现在回想起来，当时管理员似乎正一步一步走向死亡。一想到这里，田岛突然感到背脊发冷。

田岛立即赶往青叶庄。到达现场后，他到管理员办公室探头看看，发现管理员的尸体已经被警方运走。房间内空荡荡的，是一间摆设极少而显得寂寥的房间。

（好像有些不对。）

在窥探之际，田岛突然这样觉得。先前在这里和管理员交谈时，房里的东西似乎和现在有些不同，不是因为管理员不在，而是缺少了某件物品。

（是牛奶瓶。）

田岛想到那个空牛奶瓶不见了。

当田岛问起有关天使的事情时，管理员曾经拿起喝了一半的牛奶往口中倒。田岛的眼中烙印着一幅景象，那是牛奶流经管理员喉咙时那种异常浓稠的乳白颜色。管理员喝下牛奶后便立即睡着了，并未预先收拾好牛奶瓶。

那个空瓶跑到哪里去了？

田岛认为可能是警方由于调查需要带回去了。这是唯一的可能，在服用安眠药致死的死者身旁找到的空牛奶瓶，警方当然会带回局里调查。田岛找到在事故现场的宫崎，为了慎重起见向他求证这件事。

"装牛奶的空瓶？"年轻的宫崎不解地反问道，"管理员办公室里没有空牛奶瓶啊，只有一个装'阿尔多林'安眠药的空瓶。空牛奶瓶怎么了？"

“不，没什么。”田岛慌忙答道。

宫崎不像是在说谎。那么，那个空牛奶瓶到底消失到哪里去了？

田岛注意到管理员办公室的门边钉了一个黄色的牛奶箱，箱上贴着一张写着“田熊香子”的纸条。田熊香子应该就是管理员的姓名。探头往牛奶箱里一看，发现里头有一个空瓶。这个空瓶会是田岛先前见过的那个吗？

按照常理来推断，既然是装在写有管理员姓名的牛奶箱里，那么必定是同一个空瓶无疑。然而到底是谁放进去的呢？是管理员自己吗？可是如果管理员是入睡之后就直接走向黄泉，那么就不可能是她本人放的。

（假设管理员的死是他杀。）

想到这里，田岛不禁感到一阵儿兴奋。或许，凶手是为了故布自杀疑阵才把牛奶瓶放进箱内的。最后和管理员谈话的人就是自己，而知道牛奶瓶一事的人应该也只有自己。各报社的记者当然不会知道，根据宫崎的说法，大概连警方也未注意到这件事。

“或许挖到了独家新闻呢！”

想到这里，田岛觉得身体兴奋得不地住颤抖。

他环视了一下四周，众刑警及记者都在往管理员办公室里钻，根本没人注意到牛奶箱。田岛从口袋里掏出手帕，飞快地把牛奶瓶包起来，当他把空牛奶瓶塞入雨衣口袋时，中村警部助理正好从外头进来。

田岛急忙从牛奶箱旁离去。

## 8

田岛返回办公室向主编报告了这件事，主编露出了半信半疑的表情。

“你是说安眠药搀在牛奶里了？”

主编问道，田岛点了点头。

“喝完牛奶，管理员田熊香子立即睡着了，这是我亲眼目睹的，只是没有确切的证据。”

“如果你没猜错，那么事情就有意思了。”

主编说道，但半信半疑的神情仍未完全消除，他似乎认为这件事也太玄了。

“打算自杀的人应该不会刻意把安眠药掺到牛奶里。”田岛说道，“所以，我认为他杀的可能性很大。”

“这个嘛，我也能理解，但先决条件必须是你的推断无误。”主编谨慎地说道，“仅凭推断可是无法写成报道的。”

“所以我把牛奶瓶拿回来了。”田岛把视线投向包在手帕里的牛奶瓶，“这个瓶子里还残留着微量的牛奶，我想找人帮忙化验一下。”

“我有一个朋友在制药厂的研究室工作，可以拜托他化验。如果能检验出安眠药，那就中奖了。”

主编眯着眼凝视着残留在瓶底的少许牛奶。在日光灯下，或许是心理作用，总觉得那乳白色的液体似乎散发出微弱的光泽。

“我相信一定会检验出安眠药。”田岛用略微兴奋的语气说道，“我认为这是一桩巧妙的谋杀案。当送牛奶的人把牛奶送到后，凶手便用掺有安眠药的牛奶进行了调包。只要小心行事，在掺入安眠药后，便可把牛奶瓶的纸盖及上头的玻璃纸恢复原状。何况对一个每天喝牛奶的人来说，就算纸盖有些歪扭，也不会特别在意。”

“你是说，凶手等管理员喝完牛奶后，把空药瓶摆在管理员办公室里，同时把空牛奶瓶再放回牛奶箱里吗?”

“是啊，公寓里有各式各样的人进出。除了住户之外，还有许多访客、推销员、送报员、煤气及自来水收费员等。管理员办公室前面的走廊就等于是马路的延伸，所以我认为凶手能够很轻易地进出。等到明天早上，送牛奶的人会把牛奶箱中的空瓶带回去清洗，这样一来，掺有安眠药的犯罪证据就被清洗得一干二净了。”

说完，田岛不自觉地搔了搔脑袋。他为自己的振振有词略感羞赧，主编也不禁莞尔一笑。

“管理员的死亡也会造成警方的困扰吧。”主编说道，“如果真的如你所想，这是一桩他杀案件，而且又和久松命案有关的话，那么片冈有木子是凶手的说法就站不住脚了。”

“您说得没错，中村警部助理也到现场去了。或许，他就是放心不下才去的。”

中村警部助理的出动，显然意味着警方也怀疑这是一桩他杀命案。

# 第五章 笔迹鉴定

## 1

中村警部助理一边听取先抵达现场的宫崎作汇报，一边暗自希望田熊香子的死亡是一桩自杀事件。

因为田熊香子并不是普通的管理员，而是昨日在三角山遇害的久松实所住的那栋公寓的管理员。如果是他杀，那可能就和久松遇害一事有牵扯。而且假如是同一个凶手所为，那么片冈有木子这条线索便站不住脚了。

中村认为片冈有木子是杀害久松的真凶，这不仅是他个人的见解，也是搜查总部的看法，因为片冈的企图逃亡足以认定是畏罪潜逃，症结在于证据。为了求证，矢部从车祸现场带回片冈有木子的行李箱，而且宫崎也搜查过她的公寓，但这些行动都没有发现她涉案的确切证据。就在这时传来了青叶庄管理员死亡的消息。于是中村立即派宫崎赶赴现场，而他自己则坐立难安。他希望能推断出究竟是自杀还是他杀。

此时，久松实的解剖报告刚好送到中村的办公室，但他却静不下心来阅读，披上雨衣便急着赶往左门町的公寓。

宫崎解释情况，说是无法断定此案为自杀还是他杀。中村脸色凝重地环视着管理员办公室。窗边摆着一个柜子，面对门口处则摆着一张小桌。

“听说她是趴在这张桌子上死去的。”宫崎报告道。

“发现的人是住在二楼的一位姓野田的公司职员。最初他以为管理员是困了在睡觉，所以不以为然，但他到澡堂洗完澡返回后看到管理员还在睡觉，便赶忙叫来大夫，却为时已晚。”

“听说有一个安眠药瓶在旁边，是吗？”

“鉴定科的人拿走了，药名是‘阿尔多林’。”

“阿尔多林？”中村觉得似乎在哪里听过这名字，但一下子想不起来，“是药店出售的药品吗？”

“我问过附近的西药房，听说是一种在四年前就禁止销售的安眠药。”

“遭到了禁售？”

“对啊，是出过问题的药。据说孕妇服用后会对胎儿造成不良影响。”

“啊！”中村点了点头。他想起来了，这是四年前喧腾一时的新闻。事件的始末是：外国药厂出品的一种安眠药，在日本以“阿尔多林”的药名出售，但孕妇服用后产下了畸形儿，因而酿成了社会风波。

四年前就被禁售的药为什么还有人使用呢？

“调查过死者了吗？”

“大致上调查过了。死者田熊香子，四十九岁，没有亲人，听说有一个独生子，但在六年前死于交通事故。”

“她是这栋公寓的产权人吗？”

“不，只是受雇当管理员。死者可能是因为没亲没故，所以才做了这个工作。”

“她平时身体健康吗？”

“好像有心脏衰弱的毛病，大夫说是慢性心脏病。”

“一个孤单而又心脏衰弱的四十九岁妇女。”中村喃喃自语，然后看着宫崎的脸说道，“看起来像是有自杀的动机。”

“我也觉得像是自杀。”宫崎也点头说道，“我问过公寓的住户，管理员生前似乎没有和谁结怨，而且她也没有巨额积蓄，所以不可能有人为了贪图利益而杀她，唯一的问题就在于久松实生前住在这里。”

“我也认为这是问题的所在。”中村含糊地说道。

或许是他因为盼望这是一桩自杀事件，因而自然而然地含混其词。然而，目前并没有任何证据足以断定是自杀还是他杀。

（只好等解剖报告了。）

中村一边瞄着空荡荡的管理员办公室，一边感到内心有一股轻微的焦躁。

## 2

直到第二天下午，田熊香子的解剖报告还没有送来。解剖报告原本就要耗费些时间，只是由于其中有急需要证实的问题，中村才坐立难安，于是亲自打电话到警察医院。

“干吗这么着急?”接电话的法医悠闲地问道，“你看过久松实的解剖报告吗?”

“看过了。”中村飞快地答道。由于心里焦急，他说话的速度也自然变快了。“和我们判断的差不多，没什么特别的地方。致命伤是心脏部位的刺伤，没有搏斗的迹象，身上的擦伤被认为是在滚落山崖时造成的。这些全在预料之中。”

“科学并不是用来提出怪异的答案，让你们惊讶或高兴啊!”

“这我当然知道。田熊香子的报告呢？已经三点了，还没解剖完吗?”

“大致上完成了，目前只知道死因是由安眠药造成的。照你的说法，这也是在预料之中，没有特别之处了。”

“她的死亡可能是意外吗?”

“你是指服药过量吗?”

“是的。”

“似乎不大可能。药瓶上应该会注明适当的剂量，而且这药是‘阿尔多林’，你也知道这种药吧?”

“我知道，是和‘阿尔多林’畸形儿有关吧?”

“是的，我想死者也应该知道。所以一般说来，使用者在服用时应该非常谨慎。”

“所以服用此药便意味着并非为了安眠，而是想要自杀，对吗?”

“正是如此。当然，先决条件是死者要基于自己的自由意志而服用。”

“‘阿尔多林’比普通的安眠药更有效吗？我的意思是，它是不是一种容易致死的药物?”

“正好相反。”

“相反?”

中村感到莫名其妙，因为他隐约觉得这是一种效用很强的药物。

“是啊，由于会导致产下畸形儿，所以一般人常误以为这是一种强效药物，事实上正好相反，它的药性很温和，所以刚问世时颇受好评，被认为是危险性较低的安眠药。”

“但是，田熊香子却死了啊!”

“对，虽说药性温和，却不保证绝对安全。何况死者的心脏原本就很衰弱。”

“结论到底是什么？自杀吗？还是他杀?”

“目前无法断定。不能说是主动的自杀，也不能说有他杀的嫌疑，实在抱歉。”

“死亡时间呢？”

“在三点半到四点半之间。胃中残留有面包和牛奶，是吃了一顿时间比较晚的午餐之后才死的。我所知道的就是这些，其余的得靠你们去调查了。”

“好吧。”中村说完就挂断了电话。

结果仍然无法判明是自杀还是他杀。中村起身走到位于另一栋办公大楼的鉴定科，在鉴定科得到的回答是“阿尔多林”空瓶上只发现田熊香子的指纹。然而光凭这点并无法断定是自杀，也可能是他杀。因为如果凶手会清理自己的指纹，事后只要让死者握住空瓶，便能轻易在空瓶上留下死者的指纹。找不到他杀的线索虽然值得庆幸，但中村仍无法抹去心中不安的情绪。

在返回调查室后，中村拨了一个电话到南多摩警署。他先前已经把片冈有木子的照片送了过去，打这个电话是为了探听结果。接电话的还是上次的刑事部长，语气也和上次一样诚惶诚恐。

“好像进行得不太顺利啊！”刑事部长说道，“已经拿那张照片到京王线、南武线各车站，还拿到三角山附近的农家探听去了，但还没有找到目击证人。让您失望了，实在抱歉。”

“你也别泄气。”中村安慰道，“如果她是开车，那么没有目击证人也不足为奇。何况她再稍微化个妆，马上就变成另一张脸。再说她是个壮硕的女人，也可能穿上男装掩人耳目。总之，请你再继续努力吧！”

“是，我会全力以赴的。”

“除了照片之外，还查到了什么？”

“有一件和案情无关的事。”

“什么事？”

“不久前，有一个农家小孩儿在田里捡到海苔寿司，吃下之后腹痛剧烈。那个寿司大概是登山的人丢弃的。”

“食物中毒吗？”

“这里最近接连几天都是高温的天气，大概是寿司腐败了。”

中村一脸无奈。的确，食物中毒和这次的案件根本是风马牛不相及。刚放下话筒，前去调查片冈有木子生前经历的矢部正巧从外头回来。

“我大致调查清楚了。”矢部说道。

随后，他一边翻开一本写着密密麻麻小字的记事本一边说道：“她出生于静冈地区的沼津市，家里在市内经营杂货店。高中毕业后在附近的一家百货公司上班，工作了一年之后，突然来东京当脱衣舞女郎。当脱衣舞女郎时，曾因妨害风化罪而两次受到逮捕。”

“妨害风化罪不至于成为勒索的把柄吧。”中村说道，“因为她事后仍继续从事脱衣舞的工作，就算让久松知道她有妨害风化的前科，也应该毫不在乎嘛。”

“我也这样认为。”矢部点头表示赞同，“因为大多数的脱衣舞女郎都有妨害风化的前科，所以这不会是勒索的把柄。”

“她去琉球时，是否在那边和走私扯上关系?”

“这事我也调查过了，没有发现任何迹象。”

“和男人的关系呢?”

“以前似乎曾和浅草的一名小混混来往，但在一年前就分手了。再说，我觉得男女关系也不值得遭人勒索几十万元。如果是良家妇女或许还会隐瞒异性关系，但脱衣舞女郎正好相反，和异性的关系越复杂越值得夸耀。”

“这么说来，问题是出在她当脱衣舞女郎之前喽?”

“是啊，可能和她突然辞去百货公司的工作来到东京有关。”矢部边浏览记事本边说道，“一般来说，在百货公司任职是女孩子憧憬的就业机会，突然辞职未免有些奇怪，而且来到东京后又立即选择做脱衣舞女郎，我觉得事有蹊跷。”

“或许是在沼津发生了什么问题。久松大概就是抓住这个把柄向片冈有木子勒索的。麻烦你再跑一趟沼津吧。”

“我马上就去。”

矢部飞快地答道，随即拎起外套出门了。他应该很疲惫了。中村原想叫他休息一天，等明天再动身，却说不出口。因为中村了解，矢部的心底留有一道小小的创伤，仍对片冈有木子之死感到内疚，假如能确定片冈就是凶手，矢部的心里或许会好过些。

如果要他休息，或许对他反而是件残酷的事。

(就算为了矢部，真希望能找到片冈是真凶的证据。)

中村把视线投向外头越来越暗的天色，脸上也浮起了倦容。

## 4

八点钟时，矢部来电报告自己已经到达了沼津，之后就没有更进一步的联系。

至于田熊香子的死，虽然时间一分一秒地流逝，但警方仍未能掌握任何足以证明是自杀或他杀的证据。警方调查过安眠药的来路，但由于此药是在四年前就已销声匿迹的“阿尔多林”，所以调查起来格外困难。假设是自杀，那么田熊香子可能是四年前在某家药房购得此药的。如今要找出这家药房当然是困难重重的了，因为已经过了四年，任何人的记忆都会模糊。然而在案发四十八小时后的十八日当天，警方迫于形势不得不对外进行了表态。

在召开的记者会上，科长在会中宣布：“警方认为田熊香子是死于自杀。”

记者当然竞相提出质疑。因为警方并未找到遗书，凭什么断定是自杀事件?

“根据周围的状况进行分析，警方认为自杀是较妥当的判断。”一科科长答道。

“所谓周围的状况是指什么?”有的记者进一步追问。

科长略微清了一下喉咙答道：“第一是田熊香子有自杀的理由。在她举目无亲的孤单境遇中，又有慢性心脏病缠身，再加上独生子死于交通事故，所以对未来已经丧失了希望。第二是田熊香子生前并未树敌。警方询问过公寓的全体住户，找不出任何厌恶或憎恨田熊香子的人。此外，也没有任何人能从她的死亡中获利。基于上述理由，警方认为这是自杀事件。”

“田熊香子之死难道没有可能和久松遇害之事有关吗?”一名记者问道。

出席记者会的中村心想：“该来的果然来了。”

他早就知道会有此一问。如果这个疑问未被提出那才奇怪呢。何况站在新闻记者的立场，同一个凶手的连续杀人事件能够成为吸引社会趣味的报道。

“当然警方也考虑过。”科长答道，“但是并没有发现足以证明两案有关联的任何证据。”

“警方认定片冈有木子是凶手，所以才把田熊香子之死说成是自杀吗?”

“绝无此事。”性情温厚的科长用罕见的强烈语气予以否认。

中村也觉得并非如此。警方之所以断定为自杀，是根据状况来推断，并非故意扭曲事实。然而，中村仍感到有些心虚。不可否认，他其实很希望这是一桩自杀事件。

入夜后，矢部总算打来了电话。当总机说是从沼津打来的电话时，中村立刻把听筒拿近耳边。

“怎么样啊?”

矢部的声音一出现在电话线的那端，中村便劈头问道。

“总算弄明白了。”

电话线的那头传来开朗的回话，中村紧张的情绪这才稍稍舒缓起来。

“你说说详细的情况吧。”

“我到了这里以后，立即去片冈有木子以前工作的那家百货公司。那是一家规模相当大的公司。我一问，才知道久松在今年二月左右也来过这里。”

“果然久松也认为片冈有木子在沼津时隐藏着某些秘密。”

“似乎是这样的。我还听说久松总是问起有木子辞职的理由。”

“百货公司的回答呢?”

“这就不太清楚了。由于她是在六年前突然离开的，所以连百货公司方面也弄不清楚她辞职的理由。”

“但我认为其中必有文章。”

“我也这样认为，所以随后又到她家开的杂货店去，久松也来过这里，但是在她家并没有什么收获。据她的双亲说，她是瞒着家人突然离家出走，结果竟然当了脱衣舞女郎，所以家里和她断绝了关系，之后她连一封信也没来过。”

“然后呢?”

“不得已我只好去拜访警察署。因为我想，六年前她离开沼津之前，或许在她身边曾发生过什么事。”

“有吗?”

“有的。她离开沼津的日期是六年前的十月六号。根据警察署的记录，在同年的十月五号，有一名十二岁的少年在沼津港的防波堤上夜钓时溺水而死。”

“那名少年和片冈有木子有什么关系吗?”

“那是她邻家的少年。而且有人见到那个少年和一名年约二十岁的女人并肩坐在堤防上。由于夜色黑暗，所以无法确认那女人是否就是片冈有木子。”

“假设那女人就是有木子，那么是她把少年推落海中溺毙的吗?”

“我起初也是这么想的。但根据警察署的调查，那个少年好像没有和人结怨。所以警方认为她是夜晚到防波堤上散步，正好遇见在夜钓的熟识少年，她便在少年的身旁坐下来聊天。”

“这是目击证人说的吗?”

“是的。警方认为，她可能是在开玩笑的情况下，不小心推了少年一把。既是夜晚，浪头又格外汹涌，少年落入海中立即失去了踪影，惊慌不已的她忘了呼救便逃回家里。”

“原来如此。这倒有可能，而且这件事也足以成为被勒索的把柄。但是既然没有证据，我认为就算是久松也没有能耐恐吓她吧，应该有某些证据足以让案子成立才对。但如果有证据，警察署不应该早在六年前就逮捕她了吗?”

“是有证据的。”

“哦?”

"我对久松的行踪作过调查。他曾经去拜访有木子在高中时最要好的朋友吉野玲子的家。我也和吉野玲子见了面，结果听到以下的事。"

电话的那端传来矢部轻微的咳嗽声。

"听说久松来访时，吉野玲子刚好去大阪，所以由玲子的母亲代为接待。当时久松谎称已经在东京和有木子结了婚，而有木子想让他看看以前寄给吉野玲子的信件。说起来这真是一个奇怪的要求，但玲子的母亲是个老实的女人，所以未加拒绝就拿出所有的信件给他看。等吉野玲子回来知道这件事以后，赶忙检查了一下信件，结果发现少了一封。"

"是久松偷走的吗?"

"我认为是。久松看信时，玲子的母亲基于礼貌暂时回避，所以久松有机会把小小的一封信塞入口袋。"

"被偷走的信是哪一封?"

"据吉野玲子说，是有木子在离乡时交给她的一封信，里面写着自己在昨天做了一件错事，如今不知该如何是好。如果把此信和六年前的那件事联系在一起，我认为足可以成为勒索的把柄。"

"的确是。"中村对着话筒点了点头，突然又想到什么似的说道，"吉野玲子和这次的事件会不会有关呢？因为感到自责，所以想向久松取回那封信，因而下了毒手——我觉得也不无可能。"

"是啊，为了谨慎起见，我也针对这点做了调查，发现吉野玲子和这次的事件完全无关。她有十一月十五日的不在场证明，当天她确实待在沼津。"

"这样就没问题了。"中村满意地放下话筒。

## 3

案情又往前进展了一步。

中村满意地在椅子上坐了下来，掏出烟点上火。

截至目前，"勒索"只是臆测，但是有了矢部打来的这个电话，臆测便成了事实。久松确实曾赴沼津盗取片冈有木子的秘密，这无疑证明了确实曾经发生过勒索行为。只要备齐了这方面的证据，便可以在法庭上证明有木子的确有杀人的动机。

中村的神情缓和了下来，并回想起刚才的通话内容。在回想的过程中，他的神色变得越来越凝重。根据矢部的报告，案情确实向前推进了一步；但中村担心的是，那封成为勒索把柄的书信。

中村起身拉开档案柜，取出存放在里头的久松实的存折。六月五日存三十万日元、十月三十日存二十万元，这两笔钱假定是向片冈有木子勒索而来。根据推测，第三次的勒索显然成了久松的催命符。如果认定片冈有木子有罪，此推测自然合理。然而，假如书信果真是勒索的把柄，是否能连续勒索两三次呢？假如她第一次付了三十万元便取回了那封信，那么第二次的勒索对象便另有其人了。

中村交抱着双臂，仿佛要压抑心中的不安。置于烟灰缸中的烟冒出白色的烟雾，他凝视着烟雾袅袅上升。当然，如果久松事先把那封信用复印机复印几张，那么应该可以一直勒索下去。但中村觉得，这种想法实在无法让自己心服。

第二天，中村前往开立存折的三星银行四谷分行。当初发现存折时，矢部便曾向银行求证过，然而当时只是确认存折里是否真的有五十万存款而已。

三星银行四谷分行位于国铁四谷车站附近。中村进到了舒适的分行经理办公室。

"六月五号的当天，久松先生确实曾亲自来过本行。"头发梳得一丝不乱的分行经理说道，"柜台职员确认了这一点。久松先生手持三十万元的支票，向承办员要求开设活期存款账户。"

"你还记得那张支票吗？"

"大致记得。"

"开票人是谁？"

"我想是N经纪公司，那是一家和演艺人员有关的公司。"

"原来这样。"

中村点头道。片冈有木子通过N经纪公司的介绍前往琉球，情节完全符合，但是问题在于另一笔二十万元。

"十月三十日的二十万日元也是N经纪公司开出的支票吗？"

"那笔二十万元不一样。"分行经理答道，"那笔款子不是支票，而是现金。存折登记栏外印着的A字，是现金存款的记号。"

"前来柜台存款的人是久松吗？"

"这我就不知道了。"

"为什么？"

"因为是从本行上野分行汇入久松先生的户头。因此要想知道详情，就必须询问上野分行。"

## 4

中村绕到了上野。

三星银行上野分行位于上野车站的正对面。中村一边踏入银行，一边估算浅草到上野之间的距离。

从浅草到上野，走路约需十到十五分钟，开车约五分钟。片冈有木子在浅草六区的“美人座”表演脱衣舞，或许能趁着表演的空当来上野汇钱，时间上绰绰有余。浅草应该也有银行，当然也会有三星银行的分行，携带着二十万元的有木子为何不在浅草汇钱，却偏偏跑到上野来呢？此一疑问更加深了中村内心的不安。

上野分行的经理一听到中村的来意，立即叫来了办理汇款的那名女职员。

“这位是承办汇款业务的柜台员工。”分行经理说道。

这名女职员约二十五六岁，长得娇小玲珑。中村问起十月三十日的二十万日元汇款。

“噢，那是一名年轻的女人来办理的。”女职员答道，“我记得全是万元大钞，总共有二十张。”

“你见到那女人的面了吗？”

“见到了。”她点了点头，随即又露出一副困惑的表情，“我记不太清楚了。十月三十日是月底，又是星期六，由于只上半天班，所以客人人满为患。”

“那么请你看看这张照片吧。”

中村取出事先准备的片冈有木子的照片让她过目。

“怎么样，是这个女人吗？”

“这个嘛，”她歪着脑袋思索着，“我不能确定。由于挤满了客户，而且她又戴了一副深色的太阳眼镜。”

“你记得她是几点来的吗？”

“也记不太清楚了。不过星期六只上半天班，所以肯定是在上午。可能是十点左右吧！”

“汇款时要填什么单子吗？”

“是的，要填汇款传票，而且是由客户自行填写。”

“能让我看看她所填写的单子吗？”

分行经理立即从归档的传票中找出那一张。那是一张用红色油墨印成的单子，最顶端印着“活期存款汇款单”的字样。中村把视线投向上头的“汇款人地址姓名”栏：

东京都台东区東上野三丁目十六　田中春子

该栏的信息用圆珠笔填写，没有盖章。分行经理解释说，汇入时无须盖章。既然无须盖章，那么就方便汇款人使用假名了，中村认为田中春子这个名字显然是假名。

中村向经理借了那张汇款单，然后离开了银行。台东区东上野三丁目位于上野车站前面一带。为了谨慎起见，中村依照汇款单上的地址前去查访。果然不出所料，该地址并无田中春子这个人，应该是假名。问题是这个田中春子会是片冈有木子吗?

中村返回搜查总部。

宫崎早先便从片冈有木子的房里带回了留有她本人笔迹的文件，那是和N经纪公司签订的契约副本，上面有她本人的签名。

中村把契约副本上的签名和汇款单做了对比，这两种笔迹就连外行人也能一眼看出并非出自同一人。中村感到相当沮丧。不过，一般人在签署假名时，常会刻意使用不同的笔迹，所以外行人的笔迹鉴定实在靠不住。

为了求得正确的笔迹鉴定结果，中村把这两种笔迹送到研究所。笔迹鉴定颇费工夫。隔了一天，即在十一月二十日，也就是星期六这天，鉴定结果才出来。

“很难认定是同一个人的笔迹。”

鉴定报告上写着上述结论，中村感到渐渐失去了自信。

# 第六章　天使之影

## 1

同一天的下午，在日东新闻社的社会部办公室中，主编和田岛接到了牛奶的化验报告。在通话过程中，主编一边点头一边听着朋友的报告。放下电话后，他神色凝重地看着田岛。

“你的推理似乎纯属子虚乌有。”主编开口说道。

“没有检验出‘阿尔多林’吗？”

田岛表情僵硬地问主编。主编点了点头。

“据说是地地道道的牛奶。我也觉得遗憾，不过也只能相信化验的结果了。”

“但是，我是亲眼看见的啊！田熊香子喝下牛奶后立即就睡倒了。”

“或许她真是困了，管理员的工作肯定很无聊。再说你到达的时间是下午三点左右，刚好是一般人最容易打瞌睡的时候，就算她睡着了也并不稀奇。等你离开后，她又醒了过来。她把空牛奶瓶摆回牛奶箱，然后才服了‘阿尔多林’企图自杀。事情也可能是这样，不是吗？”

的确，主编的话也不无道理，田岛却仍然无法释怀。流经田熊香子喉咙的那瓶牛奶的乳白颜色在田岛眼前挥之不去，他相信那瓶牛奶中必然掺有安眠药。然而，化验结果却无情地粉碎了他的想象。

（一定是凶手再次把牛奶瓶掉了包。）

田岛暗忖，只要田熊香子是死于他杀，那么这便是唯一的可能，但是要怎样证明呢？有办法可以证明吗？

“你也别太沮丧了。”主编安慰他道，“这种事并不稀奇啊！”

“那个瓶子呢？”田岛问道。

“瓶子？”主编先是反问了一句，接着说道，“啊，你如果是指那个牛奶瓶的话，应该还在我朋友那里。但是又有什么用呢？既然没有检验出‘阿尔多林’，就算扔了又有什么关系？”

“为了谨慎起见，我想检查一下指纹。”

“这也无妨，不过我认为结果不见得全符合你的期望。如果说没有找到管理员的指纹却找到凶手的指纹，这种事我想是不可能发生的。”

“我懂你的意思。”

田岛答道。然而该做的事还是得做做看，否则他无法说服自己。

## 2

田岛立即外出去取回牛奶瓶。返回时，他带着一个和上次一样包在手帕里的牛奶瓶。主编代为安排把牛奶瓶送交专家鉴定。

“请原谅我的任性。”田岛说道。

主编露出淡淡的一笑：“别说这种客套话，听了简直让我起鸡皮疙瘩。”

“那就多谢了。”

“来根烟吧。”

主编从口袋中掏出“HOPE”牌烟，递了一根给田岛。

“检验指纹大概得花一整天，慢慢等吧。”

“谢谢你的烟。”

田岛叼上烟点上火。香烟的味道有点儿苦涩。

“刚才有一个你的电话。”主编看着田岛说道。

“是谁打来的？”

“是你的女友，她说是山崎昌子。是和你一起去三角山的那个女孩子吧？”

“是的。”

“她说如果那天的照片洗出来的话，她想看一看。”

“照片倒是洗出来了，只是因为发生了那件事，所以没拍到什么好照片。”

“笨蛋。”主编笑道，“照片只是个借口啊，她怎么好意思说因为想见你才打电话来呢？你干脆现在就去见她吧，反正指纹鉴定结果也得等到明天才能出来。”

“但是……”

“去吧，去吧。”主编举起大手拍拍田岛的肩膀，“光顾着工作，把女友丢在一边，小心她会另结新欢哟。”

“不会有这种事的。”

“这种自信很危险喔！男人哪会懂女人的心思，还是抓紧些比较保险。何况今天是星期六，是女人最想打电话给情人的日子呢。”

“但是，事情……”

“去吧。”主编大声说道，“你如果不去，我就赶你出去。”

“别这样吓唬我嘛。”田岛答道，同时内心涌起一阵儿感动。为了掩饰这种情绪，他故意皱起眉头说道：“你对我太好的话，我会紧张的。”

## 3

如果不是主编提起，田岛当真忘了今天是星期六。他只记得今天是十一月二十日，因为今天距久松遇害之日已经过了五天了。

（或许，我的确是一个不及格的情人。）

上了电车后，田岛的心头不禁涌出这样的感慨。

昌子所住的公寓位于小田急线的“成城学园前”站。他走出车站时，周围已经笼罩在暮色中，商业街一片灯火通明。田岛在车站前的水果店买了昌子爱吃的苹果。

昌子不在房间里，走廊上的一名姑娘告诉田岛：“山崎小姐好像到澡堂洗澡去了。”

田岛从牛奶箱里取出钥匙，径自打开了房门。打开电灯，往小厨房里一看，洗漱用具不在那里，果然是外出洗澡了。

这是一间六张草席大的房间，就像一般年轻女孩儿的闺房般整洁。和床铺不曾整理过、一星期仅打扫一次的田岛的房间相比，简直有天壤之别。

田岛在此之前已经数次来过昌子的房间，只是从没有留下来过过夜，今天倒是初次在她外出时进到她的房里。昌子曾说过欢迎他自由进出，并且把藏钥匙的地方告诉他。独自进入昌子的闺房后，田岛心里却不禁浮起一种似乎在窥探她隐私的奇妙感觉。

窗旁摆着一张小桌。田岛茫然地看着桌子，一股诱惑在心底油然升起，让他不禁想要窥探抽屉里的物品。他慌乱地挪开视线，但已经燃起的好奇心却再也压抑不住。几番犹疑之后，田岛终于抵挡不住诱惑而伸出手。抽屉中的物品摆得整整齐齐，信函及明信片还用彩带绑成一束。田岛觉得这种作风和自己相去甚远，他的抽屉一向是必需品和没用的零碎物品混杂在一起。有时候他想外出洗澡，偏偏找不到肥皂盒，于是只得再买一个新的。等到隔天打开抽屉时，却又发现原先失踪的肥皂盒正好端端地躺在里头，连他自己也弄不清楚肥皂盒为什么会跑到抽屉里。有时候抽屉里甚至会出现鞋油或者手套，大概是在他喝醉归来时迷迷糊糊地塞进去的，但他压根儿就没有任何印象。

昌子的抽屉里没有那些奇奇怪怪的物品。田岛看见了一本褐色的记事本，于是拿起来翻看。翻开记事本，只见里面记载着一堆“葱三十元”、“袜子二百一十元”之类的账目，显然是一本家庭支出簿。

田岛的脸上不禁浮起笑意。偶然发现年轻女孩儿在生活中露出家庭主妇的一面，倒也是一件趣事。正当田岛想把记事本摆回原处之际，无意中在翻开来的最后一页上瞥见了下列文字，于是他停下了动作：

四谷

8296M

这大概是电话号码吧？M 大概是某人英文姓名的字首？田岛想起主编所说的话，不禁略感狼狈。

田岛深爱着昌子，也有和她结婚的打算。然而，他对自己是否是个合格的情人却没有把握。一旦发生新闻事件，纵使星期天也得出动采访，约会经常因此而泡汤。每次都是他爽约，虽说是因为工作情非得已，但昌子是否会因此而不满呢？

8296 并不是田岛住处的电话号码，M 也不是他英文姓名的字首。

他压根儿不愿意去想除了自己之外昌子还有其他男友。然而冷静地想一想，对于任何男性而言，昌子无疑都是一个魅力十足的女人。要是在她工作的商社中，有年轻男同事对她怀有好感也并不稀奇。那么，M 会是这些男性当中的一人吗？

（难道是我对昌子太过于放心了吗？）

正当他感到忧虑加剧之际，突然听到走廊上传来脚步声。田岛慌张地把记事本摆回抽屉。

## 4

昌子把门略微推开，露出不安的神色往房里探头。一看见是田岛在里面，她便安心地浮出笑容。

“昨天隔壁房间被小偷闯了空门，所以我见到房里的灯亮着，还真吓了一跳。”

进门后，昌子一边把盥洗用具归位一边说道。在日光灯下，她在沐浴后卸了妆的脸庞看起来闪闪发亮。

“等半天了吧？”

“不，我刚到。”

一面聊天，田岛一面感到自己对记事本上的那几个字耿耿于怀。即使在见到她的娇颜之后，田岛心中的不安仍然无法消除。

昌子泡了茶，同时削起田岛买来的苹果。田岛看着她那雪白指尖的轻巧动作，感到昌子今天的一举一动对自己都充满了新鲜感，或许是因为自己强烈地害怕失去她的缘故吧。

“你真讨厌！”昌子突然说道，同时红霞飞上了脸颊，“被你这样紧盯着看，我的手都动不了啦！”

“对不起。”

田岛慌忙说道。然而，他不知道该如何表达自己的心情，只能默不作声。

“照片洗出来了吗？”

“嗯。”田岛把视线从昌子的指尖移开，伸到口袋中取出照片。“因为发生了那桩案件，所以只拍了一张。”田岛说道，“冲洗得不好，色彩没有完全显现出来，不过我想只要把底片做成幻灯片，一定会显出漂亮的色彩。下次你来我的住处时，我放幻灯片让你看看。”

“姿势果然很难看。”昌子说道，“真讨厌！”

“是吗？当它是一种幽默不也很好吗？”

“不行！我可不愿意让蹲下身子拿起鞋子的姿态成为你对我的印象。你得把底片给我，我要把它烧掉。”

“太夸张了吧！”

田岛笑道。但昌子一本正经地再三讨要底片。

“好吧。”田岛答道，“下次我会把底片带来，反正原本就打算要给你的。”

“那就对不起了。”昌子突然低声说道。

两人间的气氛在刹那间似乎变得凝重起来。田岛又想起记事本上的那行字，他的心中油然升起一股不安。除了自己之外，是否还有其他男人和昌子出双入对并替昌子拍照呢？田岛不经意地看了一下手表，在不知不觉中已经九点多了，或许该是告辞的时候了。

田岛心里虽然这么想着，却无法从椅子上站起来。因为他感到不安，只怕就这样跨出房门的话，便要永远失去昌子了。他自己也明白这种不安实在有些荒谬，再怎么说，昌子也不会明天就突然从自己眼前消失。如果真的感到不安，那么明天再和昌子通电话即可，这样就能听到她开朗的声音了。田岛十分明白这一点，虽然明白，却又不敢想象失去昌子的后果。

田岛抬头看着昌子，不愿失去她的强烈念头在他心底翻腾。如果M当真是男人的姓名缩写，那么他也绝不愿意把昌子让给那个男人！绝不能！

昌子白皙的纤指就在田岛的眼前，他感到一股强烈的不安，仿佛此刻如果不立即握住的话，她的纤纤玉指便会从此消失。他用力握住了她的手。昌子霎时羞红了脸。田岛顺势搂住她的娇躯。她并未抗拒，稍有重量的身体整个倒向田岛的臂弯。昌子闭上双眼，微微张开樱唇，浑身飘散出淡淡的香皂味以及酸甜掺半的女人体香。

田岛感到自己臂弯中的娇躯正在微微颤抖，到底是因为喜悦还是因为害怕，田岛也说不上来。然而，这种颤抖让田岛感到浑身亢奋，欲望高涨。

田岛冷不防地把嘴唇印了上去，昌子闭着眼睛发出娇喘声。四片嘴唇分开之后，昌子的嘴唇泛出了淡淡的血红。

昌子睁开眼睛看着田岛。“我怕。”她轻声说道。

“怕?”

“我觉得自己好像要失去你，所以……”

“傻瓜!”

田岛答道。然而，一股不安却袭上了他的心头。

“我怎么会离开你?”

田岛低声说道，然后更加使劲儿地抱紧昌子，他的手隔着毛衣握住了昌子的乳房。

“啊!”昌子低呼了一声，然后把自己的身体紧贴过去，她的呼吸变得急促起来，“我什么都依你。”

两人的手交缠在一起，双唇彼此紧贴。田岛伸手把昌子裙子的拉链往下拉，昌子闭着眼任凭他摆弄。田岛并非不曾和女人亲热过，他曾和风月场所的女人上过两三次床，只是他的技巧仍属幼稚，只知狂暴地使劲儿。

昌子是处女，恐怕并未享受到快感。她紧闭双眼，紧紧地攀附着田岛。

一番云雨过后，田岛看见泪珠从昌子紧闭的双眼中流出。这眼泪意味着什么?

“你后悔了吗?”

田岛问道。他知道这不是适当的时机，也不是适当的问题。然而，见到她被泪珠濡湿的脸颊，田岛不禁脱口问了出来。

昌子轻轻地摇了摇头：“我是因为高兴。能献身给你，我真的很高兴。”

“我们结婚吧。”田岛说道。

“结婚?”

“对呀，结婚吧。我不是因为和你有了肉体关系才求婚的。初次见你时，我便有了结婚的念头。你刚才说好像怕失去我，其实我才害怕失去你呢。你很有魅力，就算除了我以外另有其他男友，我……”

“别再说了!”昌子用强烈的语气说道，“求求你，抱着我。”

## 3

清晨。

天上飘着雨。

田岛悄悄地起了床。昌子还在睡梦中，脸上仍残留着泪痕。起床后，田岛记起今天是星期天，他得上班，但不想惊醒昌子的好梦。

田岛蹑手蹑脚地离开了房间，冒雨步行到车站。昌子嘴唇泛出的淡淡血红、白里透红的乳房以及汗湿而闪闪发光的秀腿……这些景象在田岛的眼前挥之不去。

(自己真的能完全拥有昌子吗?)

他没有十足的把握。即使和昌子亲热过后，他心中的不安仍未能消除。他并非不相信昌子对他的爱意，如果没有爱意，昌子应该不会以身相许。昨夜的缠绵并非机械的肉体接触，而是一种爱的行为。然而似乎缺少了些什么，有某种事物让他感到心神不宁。

田岛想起记事本上的那行字。他在小田急新宿站下车。在徒步前往地铁站的途中，他看到一个公用电话亭，于是进去拨了电话。

他从口袋里掏出十元的硬币，但随即想到如今的电信系统已经取消局名全部改为局号了。四谷的局号到底是几号呢?

田岛向104查号台查询。

“已经没有四谷这个局名了。”接线生拖着官腔答道。

“这我知道。”田岛低声说道，语气因为不安而变得有些粗暴，“所以才要问你以前的四谷现在是几号。”

“光凭四谷是无法知道号码的。”

“不知道?为什么?”

“以前的四谷已经分成好几个局号，351、352、353、354、355、356、357、359全都属于以前的四谷局，只有358号例外，所以我只能说不知道。”

接线生的声音变得冷漠起来，“要是知道对方的姓名，还有可能查得出来，否则就没办法了。”接线生丢下这句话后便挂断了电话。

田岛一脸茫然地走出电话亭。难道“四谷 8296”不是电话号码？如果不是电话号码，那又会是什么呢？

田岛怀着剪不断理还乱的心情走进报社。

“你怎么了？”主编劈头问道。

“没什么。”

田岛慌张地回答。田岛在心里告诉自己要把心思放在工作上，只要埋头工作，那些莫名的不安便会消失，记事本里的无聊记载自然就会抛到脑后了。

“我要查下去。”田岛大声说道，“要借警方的嗅觉追查下去。”

“你可别过分逞强喔。”主编笑着叮咛道。

午后，指纹鉴定的报告送来了。拆开封口阅毕后，主编脸色凝重地看着田岛。

“报告上说只采到了田熊香子的指纹。我和你都没有直接用手触及牛奶瓶，而送牛奶的人应该也是戴着手套，所以只采到田熊香子的指纹是很合理的。”

“让我看看报告。”

田岛从主编的手上接过报告仔细看着。的确，报告上所写的正如主编所说，可是报告上还有一项备注，就是仅发现右手的指纹。

“我也看了备注。”主编说道，“瓶上没有左手的指纹，这有些奇怪吧？”

“对呀，有一种造假的感觉。”

“你看到田熊香子是用左手拿着奶瓶喝牛奶的吗？”

“不，她确实是用右手拿着的。”

“这样不就没问题了吗？她收拾空瓶时应该也是只用了右手。”

“喝牛奶以及收拾奶瓶或许是这样，但在喝之前必须先打开瓶盖，而且纸盖上头还加封有一层玻璃纸。我也是每天早上喝牛奶，但仅用右手是无法打开瓶盖的，通常都是用左手握住牛奶瓶，然后用右手取下纸盖。死者应该是惯用右手，所以空瓶上应该会留有左手的指纹才对啊！”

“这么说来，可能是凶手把瓶子调了包。”

“是的，凶手犯了错误。田熊香子果然不是自杀而是死于他杀。我认为这和久松实遇害有关，因为死者生前没有和人结怨，那么她遇害的唯一理由只有三角山的命案了。”

“如果你的推测是正确的，那么片冈有木子就不是杀死久松的真凶了。”

“没错，搞不好我们会比警方抢先一步。”

“或许真的能抢先呢。”主编露齿一笑，“因为，警方目前似乎已经陷入迷宫了。”

# 第七章　照片

## 1

中村感觉自己碰壁了。

他无法忽略笔迹鉴定的结果，虽然他明白笔迹鉴定并非绝对可靠，因为有时在法庭上，检方和辩方会同时提出不同的笔迹鉴定报告。尽管如此，也不能轻忽了研究所的报告。

在三星银行上野分行出现的戴太阳眼镜的女人不是片冈有木子！如果采信鉴定结果，这就是唯一的结论。然而，对于坚信片冈有木子就是凶手的搜查当局而言，此一结论无疑是一道难以突破的铜墙铁壁。而且，也不能轻易放弃片冈有木子这条线索。她有把柄落在久松的手上毕竟是事实，而且也确实曾遭到勒索。问题是，六月五日的三十万日元是否切断了她和久松之间的关系？

如果她用这三十万元向久松买回了那封信，而久松又未留下副本的话，那么片冈有木子便没有杀害久松的动机。她之所以逃跑，并非是因为杀了久松，而是误以为警方知道了她在沼泽的那件事。问题的关键在于副本。

“我认为他留下了副本，”矢部说道，“因为久松不像是那么干脆的男人。他很可能先用那封信换得三十万元，然后再用副本继续勒索。”

宫崎也表达了相同的意见。可找不到那张副本，搜查工作恐怕就要回到起点了。为了谨慎起见，警方再次到青叶庄彻底搜索久松的房间。这次的搜索行动总共出动了三名刑警。但是，找不到那封信的副本。反倒是矢部找到了一张奇怪的底片，并把它带回搜查总部。

据矢部说，那张底片是装在一个蓝色的普通信封中，夹在一本杂志的书页间，信封正面用红笔写着下面几个字。

A. B. C.

中村对这几个英文字母端详良久，弄不清楚究竟代表什么意思。他觉得可能是针对信封内的底片所做的一种注记，于是便取出了底片。

这是用一三五相机拍的底片，总共只有一格。中村把底片拿远一些加以端详。底片的正中央有一个身穿和服的女人影像，另外还有一座像是校门的建筑物，那女人正要穿过那道门。这女人会是片冈有木子吗?

中村眯着眼仔细审视，但因为底片的尺寸很小，再加上只拍到女人的背影，所以实在无法辨识。

“总之，先把它洗出来再说吧。”中村说道，“只有一格底片，而且又特地装在信封内，依此判断，应该是另有玄机的照片。”

“或许，这张照片也是久松用来勒索的法宝。”

“我也这样认为。”中村表示赞同。

## 2

约过了一个小时，底片放大成十寸的相纸送了回来。

“这张已经放大到极限了，如果再放大，影像反而会变得模糊。”摄影室的技师说道，“看起来像是在慌乱中按下的快门，所以影像有些晃动。”

技师说得很对，即使已经放大到十寸，画面仍然有些模糊。

虽然经过放大，但是仍然无法辨认穿和服的女人是否就是片冈有木子。尽管是背影，但是中村觉得照片中人的年龄似乎比有木子略微年长，不过或许是因为身穿和服的缘故。

那座门看起来像是用水泥盖成的，门的两侧有矮墙。建筑物大概是学校或医院，但因为影像模糊，所以门上的字无法辨识。画面的右方有一座矮山。

“看起来像是郊外。”矢部说，“附近看不到其他建筑物，而且这女人脚下的马路看起来又没有铺柏油。”

“问题在于这个女人。”中村斜着眼看着照片说道，“光凭背影看不出是谁，如果真的是片冈有木子，那就好办了。既然这是她的新把柄，那么就会产生新的动机。”

“拿去让‘美人座’的脱衣舞女郎过目怎么样？因为女人观察事情比较敏

锐，或许光凭背影就能判断。”

“也许吧。”

中村点头道。除此之外，似乎也没有其他的判断方法了。

矢部带着放大的照片直奔浅草。

中村再次凝视着信封，用红笔书写的“A. B. C.”究竟是什么意思呢？

各字母的右下方都附有一个缩写点，依此判断，大概都是缩写字吧。然而，到底是哪几个字的缩写呢？

中村取出英文辞典查看：

ABC

英文字母。基础、入门

the ABC of economics（经济学入门）

A. B. C.

南美三国（Argentina，Brazil，Chile）

A. B. C.（shop）

（Aerated Bread Company 经营的）连锁咖啡店

A. B. C.

美国广播公司（America Broadcasting Company）

翻来翻去也找不到其他更多的解释，中村失望地合上辞典。

临近黄昏时，矢部返回了总部。

“让全体脱衣舞女郎看过照片了，结果都说那女人不是天使·片冈。”

“光凭背影便看得出不是片冈有木子吗？”

“我也问过她们为何如此肯定。她们的理由是，整体的感觉完全不像，还有一个理由就是发型。”

“发型？”

“对，照片中的女人把头发往上挽，而片冈有木子讨厌这种发型，从来不会把头发往上挽，原因是这样的发型看起来很老气。”

“其他的理由呢？”

“也有人说是穿和服的样子。我也弄不太清楚。不过依她们看，照片中的女人是个很习惯穿和服的人，而天使·片冈则是以不擅穿和服而闻名，听说有一次她曾穿着和服跳舞，结果惨不忍睹。”

“原来如此。”

“脱衣舞女郎们还说，照片中的女人看起来是三十多岁而不是二十多岁。

从惯于穿和服的感觉和气质上看起来是如此，或许她们的看法很准确呢。”

“三十多岁吗?”

中村想到自己在看照片时也有相同的感觉。与此同时，中村觉得这张照片正在逐渐形成另一道障碍，因为这是继笔迹鉴定之后出现的另一项和片冈有木子无关的事物。

## 3

当天晚上，针对新的线索召开了搜查会议。

会议在凝重的气氛中展开，因为搜查当局原先认定片冈有木子是凶手的立场已经开始动摇了。而南多摩警署依然未传来片冈有木子在现场遭人目击的报告。

至于对那把刺刀所作的调查亦毫无进展。中村起初不明白凶手为何不辞辛劳地制作这把用锉刀改造成的刺刀，如今仔细推想，他觉得凶手一定是从这上头获得了某种好处。如果是匕首或登山刀，总会让警方查出来路，而锉刀则无这种顾虑。

“现在还不能放弃片冈有木子这条线索。”科长说道，“然而，我们也不能否定另外出现了一个和她一样有动机的人。根据笔迹鉴定的结果，出现在三星银行上野分行的女人肯定另有其人。假设二十万元是遭勒索的款项，那么这个女人和片冈有木子同样具有杀害久松的动机。现在要调查的是：这女人是谁？她遭人勒索的把柄又是什么?”

科长略作停顿，用手拿起那张照片：“另一个问题就是这张照片。假设照片中的女人就是出现在银行的女人，遭人勒索的把柄便是这张谜一般的照片。然而，如果不是同一个女人的话，就必须另外调查这张照片中的女人。”

“请诸位再从久松的异性关系上调查看看。”站在科长背后的中村对众刑警说道，“调查一下除了片冈有木子之外，是否还有其他的天使。”

从第二天起，刑警们又开始进行探听的工作。

将近中午时，前往真实周刊社的矢部打了电话回来。

“找到了一名被认为和久松有关的女人。”矢部在电话里说道，“是新宿三丁目一家酒吧的女老板。虽然不知道这个女人的姓名，但酒吧的名称却值得注意，因为那间酒吧就叫作‘天使’。”

“‘天使’?”

中村想到了蓝色信封正面用红笔写的那几个英文字母，最后的 C 字尚无法解释，但第一个 A 字和第二个 B 字却完全符合。

A = Angel（天使）

B = Bar（酒吧）

这是合理的解释，假设酒吧女老板的名字叫做千春或千寿子，那么英文名字的字首就是 C，如此便完全吻合了。何况既然是酒吧的女老板，那么就也符合习惯穿和服的特征。

“我到那家酒吧去看看吧。”中村说道，“或许，她就是照片中的女人。”

## 4

“天使”酒吧很容易找，但女老板的名字却和中村预期的不同。绢川文代不论是姓或名都不会出现 C 这个英文字母。然而，穿和服的姿态却相当吻合。

文代见了中村出示的警官证后，并未显出什么惊慌的神情。

“我想刑警先生也差不多该出现了。”文代说道，“前不久有位新闻记者前来调查过我的事呢。”

“新闻记者?”

“日东新闻社的田岛什么的。”

“这人我认得。”中村答道，“你和久松的关系呢?”

“是被久松以结婚为诱饵而花钱养他的可怜女人。”文代以干涩的声音答道。

“这么说来，你对久松是心怀怨恨喽?”

“新闻记者和刑警先生老是说同样的话。”文代轻声笑道，“是否怨恨久松？是否有杀人动机？接下来是提出不在场证明吧?”

“正是如此。”中村苦笑道，“你能告诉我，十一月十五号的上午十点到十二点之间你在哪里吗?”

“那位田岛记者也问了相同的问题，我的回答仍是一样，我在家睡觉。换句话说，我没有不在场证明。”文代耸耸肩答道，“如果想逮捕我，就请便吧。”

“光凭这样还不能逮人。”

“蛮谨慎的嘛，我还以为刑警都是急性子呢。”

“听你的口气，好像很希望被逮捕嘛。”

“随便你了，反正活着也没多大意思。”

“你爱久松吗?”

“请别问这种无聊的问题，我怎么会当真爱上那种男人！可是一旦他死了，我便莫名其妙地感到寂寞。仅此而已。你请回吧！”

“我还不能走。”

“还想问什么吗？”

“我想拍一些你的照片可以吗？”中村扬一扬手上那台借来的相机，“你是个美人，我想拍两三张留念。”

“干吗要用这种拙劣的借口？你是想拿照片让某人看，好确定我是否就是凶手，对吧？你想拍照的话就尽管拍吧，可是这里光线会不会太暗了些？”

“不要紧，我准备了闪光灯。”

“真是用心良苦哪！”文代露出了苦笑。

幸好酒吧刚开始营业，所以还没有客人上门，于是中村便从正面及背面各拍了一张。

“可以了吧？”文代起身走回柜台，用疲惫的声音问道。

“我还有一个请求。”中村把相机收起来然后说道，“请你在纸上写几个字。”

“这次换成笔迹鉴定了。”

文代歪了歪嘴角说道。但她仍然取出一张账单，翻到背面，然后拿起一枝圆珠笔。

“写些什么好呢？是写‘我杀了久松’这几个字吗？”

“假如确定你是凶手，自然会让你在坦白书上签名，但今天，”中村考虑了一会儿，接着说道，“请你这样写吧，存款二十万元，田中春子。”

“什么嘛，这是？”文代皱起柳眉，“我的姓名并不是田中春子啊！”

“因为这些是最容易鉴定的笔画。”

“哼！”文代用鼻孔哼了一声。

文代提笔书写之际，中村目不转睛地注视着她的表情，却察觉不出有什么异常。她甚至没有故意把字写得拙劣些。

“这样可以了吗？”

文代行云流水般地写完后，抬头看着中村。她的字倒是相当娟秀。

## 5

中村所拍的底片立即被送去冲洗。与此同时，他也办妥了申请笔迹鉴定的手续。

底片的冲洗较先出炉，中村把那张绢川文代的背影照片和问题照片做了一番比对。

（好像不是同一个女人。）

中村一开始便如此认为。如果单凭直觉，任何人大概都会以为每个人的背影很类似，但把两张照片并列比对之后，中村便发现其中的微妙差异。

照片中的两人看起来年龄相仿，也似乎同样习惯穿和服。绢川文代的背影给人一种纤弱的感觉，而站在门前的那女人虽然也是身材纤瘦，却给人一种结实的感觉，或许可以说是根植于生活中的那种韧劲吧。可能这个女人并非像绢川文代般是在风尘中闯荡的女人。

矢部也说道："绢川文代的个子好像比较娇小。"

笔迹鉴定的结果也证实了是不同的两种笔迹，让中村大失所望。绢川文代既非照片中的女人，也不是汇二十万元的女人。必须火速找出这两个女人。可能这两人当中之一（抑或是同一个人）就是杀害久松的凶手。然而，要去哪里找这两个女人呢？再说，是否能和"天使是摇钱树"这句话产生关联呢？

中村相信，在某种意义上，杀害久松的凶手应该和"天使"有关。然而，和"天使"有关的东西真的那么多吗？脱衣舞女郎的艺名叫天使·片冈没什么奇怪，酒吧取名为"天使"也还算合理，但是还有其他和"天使"吻合的人或物吗？无论如何都得找出来。从久松的存折中发现了汇二十万元的女人，而且还发现了那张似乎另有玄机的照片。

刑警们再次分头在东京的街头展开行动。

有的刑警认为久松的女人可能是医院的护士，因此锁定消毒药水的味道猛追，结果在追查"白衣天使"这方面完全没有收获。

有的刑警则锁定土耳其浴室，然而也没有找到任何一家叫作"天使"的店。

有的刑警穿梭在各个咖啡馆，并且在神田找到一家叫作"天使"的咖啡馆，却和久松毫无瓜葛。

有的刑警认为，久松常去的理发店当中可能会有名为"天使"的店，可是找来找去也没发现这家店。

有的刑警甚至过滤街头的"站街女"，但也没找到曾和久松上过床的"街头"天使。

刑警们带着满身的疲惫纷纷归来。

正值中村烦恼又伤神之际，宫崎走了进来："日东新闻社的田岛记者自称有特别的事想告诉你。"

## 6

中村并不喜欢单独接见新闻记者，他用充满戒心的眼神看着进来的田岛。

“听说你见过‘天使’酒吧的女老板了？”田岛一进门便劈头说道，“昨天我去那里喝酒，她对自己被当作凶手一事很不满呢！”

“我并没有拿她当凶手。”中村用僵硬的声音答道，“只是听说她和久松有关系，所以才去拜访她。何况，店名又叫做‘天使’嘛。”

田岛露出讽刺的眼神看着中村：“得知你锁定绢川文代之后，我在想，警方是否放弃了片冈有木子这条线索呢？”

“并没有放弃啊！”中村板着苦瓜一样的脸答道。莫非这家伙是专程来说些挖苦话的？“警方只是慎重行事而已。对了，你今天来有何贵干？”

“我今天来是想请警方把所掌握的情况告诉我。”

“警方并未隐瞒任何事情。”

“你不是叫女老板写了些莫名其妙的字，同时又拍了她的照片吗？写字是为了笔迹鉴定所需，拍照是为了让谁过目确认，对吧？换句话说，警方一定是掌握了某些情况，我希望你能告诉我。”

“无可奉告。就算警方掌握了某些线索，在现阶段也无法告诉你。”

“我可不是要求你无条件地告诉我哦。”

“你的意思是有交换条件吗？”

“嗯，差不多。何况在查出凶手是谁之前，我会对你所提供的资料予以保密，主编对此也做出了承诺。”

“恕我们不欢迎交易行为。”

“即使我是用青叶庄管理员并非自杀，而是遭到他杀的证据作交换，也不欢迎吗？”

“你有他杀的证据？”

中村瞪大了眼睛，感觉到自己的表情变得十分僵硬。如果田熊香子确实是他杀，或许就得改变今后的搜查方向。但是警方已经断定是自杀，出尔反尔的话，恐怕会造成信用问题。

“你该不会是在耍我吧？”

“不是，田熊香子之死是我亲眼目睹的。当然，那时候我只是以为她睡着了，没想到就这么死了。”

“你在那一天见过管理员吗？”

“是的。其实，我完全可以立即报道她是被谋杀的，但是我想这可能会对警方造成困扰……”

“且慢。”中村慌忙说道，“让我先和科长商量一下。”

中村露出困惑的表情，然后从椅子上站起来。

日东新闻社的提议似乎让科长也颇受冲击，他面有难色地交叉着双臂。“假如田熊香子死于他杀，那么局面就改观了。除了答应交易之外，大概别无他法，唯一的条件是他必须答应保密。”科长用凝重的语气说道。

中村和科长一道出面听取田岛的话。

于是，田岛全盘托出当天他去青叶庄会见田熊香子的情况。在交谈时，田熊香子喝下牛奶后便陷入熟睡，后来他在牛奶上仅采到田熊香子的右手指纹等。这些事实中村及科长皆一无所知。假如田岛所言不假，那么田熊香子之死绝对是桩谋杀案，而且必须考虑到和久松实之死的关联。

“我刚才的话全是事实。”田岛对二人说道，“即使上法庭作证也无妨，现在该轮到你们说了吧?”

“我知道了。”中村答道，然后和科长对视了一眼，“你想知道两件事，替组川文代拍照的理由以及笔迹鉴定吧?”

“没错。”

“先从照片的事说起。”中村把在久松房里找到的蓝色信封摆在田岛面前，“警方在久松房里找到这个，上面的英文字母还无法解释。里面装有一格底片，这张就是冲洗后放大的样子。”

中村取出那张十寸的照片给他看。田岛端详了一会儿，歪着脑袋问中村：“这女人是谁?”

“不知道。”

“你原先认为可能是‘天使’酒吧的女老板，所以才拍了她的照片加以比对，是吗?”

“正是如此。”

“结论呢?”

“似乎不是绢川文代。”

“这张照片中的建筑物呢?”

“还不知道。”

“请说说笔迹鉴定的事吧。”

“警方找到了久松实的存折。”

“竟然有存折?”

“存款余额共有五十万元，分三十万和二十万两次存入。由于金额过于完整，所以警方认为是勒索所得，三十万那一笔立即就查明了。”

“是片冈有木子的钱吧。我总算明白‘美人座’经理所说的话，因为他说警方的问话一直在三十万的金额上打转。”

“另一笔二十万是从三星银行分行汇入久松在四谷分行的户头，银行的柜台职员证实，汇款人是一名戴太阳眼镜的女人。”

“是片冈有木子吗?”

“警方原先也以为是，所以把那名戴太阳眼镜女子留在汇款传票上的笔迹和片冈有木子的笔迹作了比对。”

“结果呢?”

“根据鉴定报告，无法认定是同一个人的笔迹。”

“我明白了。”田岛说道，“警方于是认为戴太阳眼镜的女子可能是绢川文代，所以才设法取得她的笔迹，对吗?”

“正是如此。”

“从她未遭拘捕一事来判断，并非她的笔迹吧?”

“嗯，对呀。”中村苦着脸点头道。

“能让我看看久松实的那本存折吗?”田岛说道。

中村看了看科长，科长默默点头表示同意。中村认为，既然已经说出存折的内容，那么让他看看也不碍事，再说存折上又没有写凶手的姓名。

中村起身，从档案柜中取出久松实的存折，摆在田岛面前。田岛翻开存折，边点头边察看里面登载的数字。

“的确有勒索的味道。”

田岛说道，然后把存折合起，放在桌子上。就在此刻，田岛突然脸色大变。

中村看着田岛那张苍白而僵硬的面脸。

“你怎么了?”中村不解地问道，“该不会是你又想在报上加以报道了吧?你要是不遵守约定，我们可就麻烦大了。”

“我知道。”

田岛的口气异常生硬。他缓缓地从椅子上站起来，然后步出门外，刚进来时那股意气风发的神态已经完全消失。那背影简直就像是被彻底击溃了一般。

“真是个怪人。”科长说道，“成功地完成交易，怎么反倒垂头丧气呢?”

“我想大概是因为事先承诺不予报道，此刻突然后悔了，也只能这样认为喽。”

中村伸手拿起桌上的存折。田岛在归还存折时突然脸色大变，难道存折里记载了什么让他惊愕的事吗?

中村把存折翻过来翻过去地看，根本找不到任何类似的记载，只不过是一本极普通的存折，里面连个涂鸦都没有。当然，更不可能写着暗示凶手姓名的文字或记号。如果有类似的记载，中村应该早就注意到了，他又不是今天才第一次翻阅存折。

存折上所记载的只有三星银行四谷分行这一行字以及银行的标志，再有就是久松实的姓名、存款金额及存折账号。这里头有什么能让田岛感到惊讶的呢？

中村想来想去，想不出一个所以然来。

# 第八章　疑惑重重

## 1

田岛感到自己的双腿发软，简直就像是精神失常了一般。他心里想着，我究竟做错了什么？走在坚硬滑溜的警视厅走廊上，田岛有好几次差点儿滑一跤。

（我必须镇静。）

田岛在心里告诉自己。

（或许只是巧合，世上经常会有这种事。）

然而，不论他如何反复地在心里念着，疑惑和不安仍然挥之不去。田岛看得一清二楚。不是错觉，也不是看走了眼，久松实存折的左上方写着一个和下列号码完全一致的账号：

No. 8296

的确是这样写着的，此外再也没有其他数字。田岛忆起山崎昌子的记事本上所写的那两行字：

四谷

8296M

这两组数字完全相同，不仅是数字，如果把“M”看成三星银行的英文字首，那就成了三星银行四谷分行存折账号 8296，完完全全吻合。这会只是巧合吗？田岛很想把它当作是巧合，然而越是想否定，内心的疑惑越是扩大开来，而且正逐渐变成一个清楚的形状。

（昌子早就知道久松实的存折账号！）

为什么她会知道呢？莫非是为了把钱汇入久松实的账户？

中村警部助理说过，有一名戴太阳镜的女子出现在三星银行上野分行，并且汇了二十万日元到久松在四谷分行的账户，还说那女子不是片冈有木子，也不是绢川文代。

（是昌子吗？）

想到这个问题，田岛不禁感到一阵儿轻微的晕眩。

## 2

“你是怎么了？”主编问道，“你的脸色很差，是科长拒绝你了吗？”

“不是。”田岛勉强挤出一个笑容，“科长和中村警官都同意了我们的提议，只是再三叮嘱千万不可见报。”

“这样就好，因为咱们的筹码似乎增多了。一旦查出凶手，咱们就摊开手中所有的王牌加以报道，这得由你来执笔。”

“嗯。”

“查出了什么事吗？”

“警方让我看了装在信封里的底片。”

田岛说了中村警官所出示的蓝色信封及照片的事情。

“站在门前的那个穿和服的女人吗？”主编低声说道，“这倒是一幅很有玄机的构图啊！”

“警方似乎认为那张照片就是勒索的把柄。等加洗出来之后，我打算向警方要一张。”

“那名穿和服的女子究竟是谁？”

“警方说正在调查。”

“不是片冈有木子吗？”

“警方说不是。”

“我想也是，如果是片冈有木子，警方应该会像立了大功般乐不可支。既然不是她，那么对警方而言，找到那张照片反而是自讨苦吃了。”

“或许吧。照片中的女人好像也不是‘天使’酒吧的女老板，和绢川文代的照片作过比对后，中村说不是同一个人。”

“如此一来，就出现了一名新的嫌疑犯喽？”

“嗯。”

“背影的证据太薄弱了些。既然适合穿和服，感觉上应该是三十多岁而不是二十多岁的女人。”

“是的。”田岛答道，“在我看来也像是三十多岁的女人。”

唯一能肯定的是，那张照片中的女人不是昌子。

“大门、三十多岁的女人以及英文字母吗？简直是三种题材混在一起的‘神秘三关’嘛。”主编笑道，“其他方面呢？”

“没有了。”田岛答道，“据说警方所掌握的只有那张照片而已。”

田岛不擅长说谎，他知道自己的脸部表情开始变得僵硬，但他不想把可能和昌子有关的那本存折的事告诉主编。在真相尚未大白之前，他不想告诉任何人。

主编露出失望的表情，但并未多言，只是笑着说道：“咱们未免有些高估警方了。”

田岛回到了自己的办公桌，心情一直无法平静下来。一坐下来，他内心的疑惑和不安便不断地膨胀。他甚至想要去见昌子，当面询问笔记本上的记载以及她是否认识久松实这个人。然而，他实在做不到。就算昌子予以否认，他内心的疑惑仍然无法消除；假如昌子承认了，那么也只会加深他的痛苦。尽管如此，就这样置之不理的话，他的疑惑和不安也不会就此消失。

该怎么办才好呢？

田岛从椅子上站了起来。

“我出去一下。”他向主编说道，“我想去找寻那个穿和服的女人。”

“你有什么线索吗？”

“也没什么线索，不过如果再次过滤一下久松身边的人，或许会有所发现。”

“说得也是。”主编点头说道，“如果查到了什么，立刻打电话来告诉我。”

“知道了。”田岛答道，然后离开了办公室。

走到外头，他立即忘记了刚才对主编所说的话。说忘记或许不太恰当，因为他刚才对主编说的话原本就是外出的借口。田岛想要确定一些事。

二十万元的汇款人是否真的是昌子？如果昌子果真遭到久松的勒索，那么两人之间又是何种关系？如果有被恐吓和勒索的秘密，那又会是什么？至于确定之后又该如何，田岛自己也不知道。或许，只是徒增痛苦罢了。然而，如果对疑惑置之不理，那么他实在无法专心工作。而且万一怀疑越来越大，或许在精神上他就会失去昌子，因为爱情是无法在不信任中滋长的。这股信任危机或许会使他们截至目前所培养出来的爱情枯萎。

这些事必须搞清楚，并不是害怕失去昌子，而是因为不愿意失去昌子。

田岛知道，昌子从微薄的薪水中省吃俭用地存了一些钱。昌子曾拿存折给他看，这就像女人以心相许时会拿出小时候的照片给爱人看一样，昌子拿出存折展示时的心情或许就是这样的吧。

田岛在路上边走边回忆当时的情景，如果没有记错，昌子开户的银行应该是车站前的东西银行。田岛拦了一辆车直奔成城学园。算算时间，昌子尚未到家，这样反倒好，因为田岛此刻并没有直接向她询问的勇气。

田岛在车站前下了车，银行就在这里。他推开写着“东西银行成城分行”的那扇门走过去，大概是因为时间接近银行打烊的三点钟之故，里面似乎一团忙乱。

田岛走向标示着“活期存款经办员”的那个柜台。

“有一位山崎昌子小姐应该在贵行设有户头。”田岛说道。

柜台内的女职员应了一声：“请稍等。”

随即，她抽出眼前的一叠账簿。

“有的。”

“我想知道她最近有无提款，能让我看看吗?”

“是不是有什么可疑之处?”

“不是。”

田岛慌张地答道，同时涨红了脸。平日里采访新闻时，田岛说起谎话倒是面不改色，但是今天他却立即感到心虚，或许是因为理不直气不壮的缘故吧。

“她从旅行地点打电话回来，说想知道余额。”

“只要查看存折就知道了啊!”

“因为刚好找不到存折了……”

“是吗?”女职员点了点头，接着说道，“余额是六百二十日元。”

“六百二十元? 应该不止才对，她最近提过款吗?”

“十月二十六日提了十万元。”

“不是二十万元吗?”

“不，是十万元。当时的余额只有十万元多一点儿，所以不可能提走二十万元的。”

女职员用略带讽刺的语气答道。

田岛谢过之后离开了银行。昌子果然曾经提取了一笔十万元的金额，而且是在十月二十六日提取的，也就是十月三十日的前四天。

田岛试图回忆昌子一个月前的模样。他不记得昌子曾经买过什么大件物品。在他的记忆中，昌子房内的物品在十月底并未突然增多。难道真的是遭到久松的勒索，昌子才提出十万元吗?

(然而，昌子提的是十万，并非二十万。)

田岛对这中间的差额耿耿于怀。在所有的状况尚未完全吻合之前，太早下结论是件危险的事。

(况且，那名戴太阳镜的女人是从三星银行上野分行汇出二十万元的。如果是昌子，根本没有必要特地跑到上野去汇钱，从成城的银行就可以汇钱，要不然在她上班的京桥也有很多家银行。)

这一疑点多少让田岛感到振奋。在尚未找出昌子为何要特地前往上野的理由之前，她是无辜的。然而，这种放心的感觉并未持续太久，因为他想到了上野和昌子有很深的地缘关系。

## 3

假设昌子受到了勒索，由于需要二十万元，她必须设法筹措不足的十万元。

就算卖掉身边的物品，恐怕也凑不到十万元巨款吧。即使先向公司预支薪水，可能也借不到十万元。最后，除了向人借钱之外别无他法。她不能依靠田岛，事实上她也并未向田岛求助。如此一来，她所能求助的对象便只有一个——那就是住在东北部的姐姐。如果没记错，她们老家在岩手县。由于姐姐是唯一的亲人，所以再无其他可能。

假设昌子要向姐姐借十万元，那就得去岩手县走一趟，而上野正是岩手县的门户。

假设久松勒索时指定了付款日期（这种可能性很高，因为勒索不太可能是无限期的)，迫使昌子在一抵达上野，就必须找银行办理汇款手续。而且十月三十日是星期六，银行只上半天班。假设昌子在早上抵达上野，那么直奔车站前的三星银行分行，可以说是理所当然的了。

照这样想，汇款银行是上野分行反而成了加深疑虑的理由。田岛不禁想查清一件事，就是昌子在十月底是否曾返回岩手县?他进入车站前的公用电话亭，时间刚好是三点。从电话亭中，他看见自己刚离开的那家银行正在关大门。

田岛拨电话到昌子上班的商社。接电话的是总机，田岛请她转接人事科。这不是他第一次打电话到昌子的公司，然而，用黯然的心情拨这个号码倒是头一回。

电话的彼端传来粗鲁的男人的声音。不论哪家公司，人事科或会计科的员工说话似乎都很粗鲁。

“我想请教贵公司员工山崎昌子的事情。”

“山崎昌子在秘书科。”这个男人依然用粗鲁的语气答道，“要把电话转接过去吗?”

“不，我只是想请问，山崎小姐在十月底是否请过假? 因为我在那段期间曾在东北线的列车上，看到一个很像山崎小姐的人。”

“请稍等。”男人嫌烦似的答道，“嗯，山崎昌子在十月二十九日到三十日之间请了两天假，说是要回老家。”

田岛果然猜对了。昌子在十月底曾返回岩手，而且并未把这件事告诉田岛。

## 4

田岛走出电话亭后，茫然地伫立在原地。刹那间，他不知该如何是好。昌子给了久松二十万元，这是无法否认的事实了。然而，像昌子这样的好女孩儿为何会和久松那种下三滥的男人扯上关系呢? 究竟久松掌握了什么不可告人的秘密而勒索得逞呢?

田岛为了让心情平静下来而伸手掏口袋，他摸到了那包“HOPE”牌香烟，却是个空烟盒。田岛把烟盒揉成一团，用力丢向身旁的水沟。

(现在该怎么办呢?)

或许应该返回报社，主编正在等着他的报告。即使现在回去，他知道自己也静不下心来工作。

田岛往车站的反方向前进。他边走边看着手表，时间还不到四点钟，离昌子下班回家还有一个多钟头，这段空档时间对田岛是一种诱惑。

田岛来到昌子的公寓。他知道自己向主编撒了谎，同时做出了违背记者本分的行为。可是，在想查出昌子的秘密的心情中，除了对昌子的爱情外，或许还有一种挖掘真相的记者本性在作祟，只是他自己并未察觉这一点。房间钥匙和上次一样摆在牛奶箱中。

田岛进了房内。由于窗帘拉上了，所以房内的光线有些昏暗。田岛原想拉开窗帘，但随即改变了主意，打开电灯的开关。蓝白色的光线笼罩在房里。虽是微弱的光线，却让田岛感到刺眼，或许是做贼心虚吧。

(我必须知道真相!)

田岛拼命地说服自己，同时伸手拉开抽屉。虽然是同样的行为，但上次夹杂着乐趣，这次却夹杂着无比沉重的良心苛责。褐色的记事本依然躺在抽屉里，但已没有翻阅的必要。田岛取出压在底下的存折翻开，和在东西银行里问到的结果一样，十月二十六日提领了十万元。

田岛又拉开另一个抽屉。第一眼吸引他的是那本时刻表，十月份的火车时刻表。田岛暗忖“果然没错”。田岛翻到东北线的那一页，他的预感又应验了。东北线“北上”那一页的二十二时十八分上野出发到盛冈的“北星”栏，以及“南下”那一页的快车“北斗”栏各用红笔圈了起来。

快车“北斗”号是上午十点零四分抵达上野的。这一时间和昌子出现在三星银行上野分行的时间连接得上。发现这本时刻表对田岛无疑是莫大的打击。恶意的揣测正在逐一应验，令他难以承受。

田岛想要知道昌子遭到勒索的理由。她会有一段不为人知的过去吗？就算真有，田岛也无意谴责。然而，他想要知道。如果是由于蒙在鼓里而胡思乱想，更让人难以忍受。

田岛打开了壁橱，但里面没有他想找的物品。

田岛感到有些失望，同时也感到安心。他关掉房里的灯，把房门锁上后离开了公寓。

极度的疲惫笼罩着田岛。不安、心虚、焦躁以及疑惑交织在一起，让他感到身心俱疲。

到达车站时，田岛看见昌子的身影混在从检票口走出来的人潮中，没想到不知不觉中竟然这么晚了。

## 5

见到昌子的身影时，田岛条件反射似的把视线挪开。与其说今天不想见她，倒不如说相见会让他痛苦。因为，他一方面担心自己会在无意中说溜了嘴，另一方面又觉得必须回到刚刚潜入的房间便很不自在。然而，昌子已经看见了田岛，跑了过来。

昌子的脸上浮起了微笑，田岛也露出了笑容，但他知道自己的表情很僵硬。

“我到这附近来采访。”田岛说道。他想到自己今天满嘴谎言，不禁产生一种自我厌恶的感觉。

“太好了，能在这里见到你。”昌子用兴奋的语气说道，“到我的公寓去吧。应该有时间吧?”

“不了。”田岛答道，“我在赶时间，对不起了。”

昌子的神情顿时转为黯然。“那么到那家咖啡馆去喝杯茶?”她有些拘紧地说道，“五分钟或者十分钟就够了。一道去吗?”

“可以。”田岛点头答道。他无法再拒绝。

两人踏入车站旁的一家小咖啡馆。店内的顾客大多是学生，他们以年轻人惯有的高声畅聊。为了避开喧嚣，田岛和昌子找了一张靠里面的桌子坐下。

“你还在追查那个事件吗?”在短暂的沉默之后，昌子开口问道。

“嗯。”田岛点了点头。

“查出凶手了吗?”

“还没有，警方似乎也碰了壁。你很关心这件事吗?”

一抹惊慌的神色掠过昌子的脸，田岛不禁后悔问了不该问的话。显然，昌子害怕在查案的过程中暴露自己和久松的关系，以及受到久松勒索的内情。田岛的这句问话未免太残酷了。

“因为在三角山看见了杀人现场，所以才会留意。”

隔了一会儿，昌子才小声回答。

换成是之前的田岛，大概会毫不怀疑地接受她的说词。然而，今天的田岛却办不到。

“原来如此。”

田岛在口头上表示理解，脸色却自然而然地转为阴郁。昌子则挪开视线看着大门入口处。

两人忽然都沉默了，气氛变得有些尴尬。突然，昌子“啊”的低呼一声，打破了沉默。

“怎么了?”田岛吃惊地问道。

昌子惊恐地看着他:“有个奇怪的人在店外一直看着我们。”

“奇怪的人?”

田岛把视线转向入口，在那一瞬间，他看到透明的玻璃门外有一个黑影在晃动。

田岛的脸因为惊慌而扭曲了，因为那个黑影正是面熟的宫崎。田岛已经被刑警跟踪了，可是他先前一直未发觉。

# 第九章　北国风光

## 1

听完宫崎的报告后，中村认为有必要改变先前的想法。

中村之所以派宫崎跟踪田岛，并非怀疑他涉案。田岛对久松的存折产生了异常的反应，所以中村认为身为新闻记者的田岛可能发现了什么线索。中村觉得，田岛可能是在见到存折的一瞬间突然想到了什么，或是忽然察觉到自己所掌握的某些线索极其重要。

中村想知道原由，便命令宫崎尾随调查。但听完报告后，他发现自己的猜想似乎有误。

（看来并非田岛掌握了什么线索，而是他自身卷入了这一案件中。）

这是中村现在的想法，因为宫崎进行了以下汇报。

“田岛似乎怀疑女友山崎昌子和被杀的久松有某种关系。”

他的报告指出，田岛不仅偷偷地调查了女友山崎昌子的存款情况，还搜查过她的房间。

“我在田岛离开后进入东西银行成城分行，并调查了山崎昌子的存款情况，得知她在十月二十六日提取了十万日元。提款前，她的存款余额只有十万零六百二十元。”

十月二十六日就是那笔有问题的二十万元汇入的前四天。

中村觉得似乎能理解田岛见到久松的存折时露出惊愕表情的原因了。田岛可能是由久松的存折联想到了女友山崎昌子的存折吧。假设田岛原先就对昌子在十月底提取巨款的一事感到疑惑，之后见到了久松的存折，于是对同样发生在十月底的二十万元存款起了疑心，这是很有可能的。

“我想到了，山崎昌子就是那天和田岛一起在三角山现场目击久松之死的女人。”

中村对宫崎说。中村在案发当天见过山崎昌子，还记得她穿了一件白色毛衣，是个相当漂亮的女人。

“汇二十万元的女人说不定就是山崎昌子。”

“我也认为有必要加以调查。”

“先设法取得她的笔迹吧。与汇款单上的笔迹比对之后，如果证实是同一人，再彻底调查也不迟。”中村说道。

第二天，宫崎前往山崎昌子工作的公司，向人事科借来她的亲笔履历表。

“我在人事科听到一件有趣的事。”宫崎说道，“听说昨天有一名声音十分年轻的男子打电话到人事科，问山崎昌子是否在十月底请假回了老家。”

“那个男人的姓名呢?”

“人事科说不知道，但我猜得出来，一定是田岛。”宫崎颇为自信地答道。

“你怎么知道是他?”

“我问过那个电话打过去的时间，对方说是下午三点整。昨天我一路跟踪田岛，亲眼看到他在那个时间进入成城学园的一座电话亭。”

“原来如此。如果打电话的人是田岛，那他为什么要问山崎昌子请假的事呢?”

“因为她的老家在岩手。”

“履历表上有记载。”

“对，据人事科说，她的双亲早已亡故，只剩下一个姐姐住在岩手。她的姐姐嫁到当地的一户大户人家。”

“原来如此。”

中村点点头，他逐渐思路清晰了。

“山崎昌子提取了十万元但还不够，所以为了凑足二十万元便去岩手找姐姐。田岛可能也是这样认为，因此才打电话到她的公司询问。”

“我也这样认为。”

“事实如何呢?她在十月底请过假吗?”

“请过。说是要返乡，请了十月二十九号及三十号这两天的假。但三十号是星期六，所以说正确些应该是一天半。”

“然后，她于十月三十日在三星银行上野分行汇了二十万元。”

中村喃喃自语道。话说到一半，他突然想到一件事。“上野，是上野!”中村对着宫崎大声喊道。

“为什么二十万元不是从东京的其他地方，而是从上野汇出的？我一直觉得很困惑，但这件事提供了一个合理的说明。假设戴太阳镜的女子就是山崎昌子，那么汇款地点不是上野才奇怪呢。因为从岩手坐火车回来终点站就在上野，而且三星银行上野分行就位于车站的正前方。”

## 2

鉴定过山崎昌子的笔迹后，结果是“可认定为同一人的笔迹”。原先工作毫无进展的搜查总部因为这份报告而士气大振。

山崎昌子会是杀害久松的凶手吗？可能是，也可能不是。

“虽然确实找到了有力的线索，但仅仅凭此就加以论断，也有很大的风险。”

中村谨慎地对每个刑警加以交代。片冈有木子的嫌疑还没有完全洗清，假如杀害田熊香子和杀害久松的凶手是同一个人，那么片冈有木子就是清白的，但是这事仍属未知。另外，还有数道障碍。

“再来看看有关天使的问题。”中村说道，“根据久松最后的遗言，从某种意义上来说，凶手是和‘天使’有关的。我认为这个思路到目前为止还很正确。然而，从目前来看，山崎昌子和天使完全扯不上关系。”

“我认为，只要调查她的背景，一定能找出‘天使’这个词的。”宫崎说道，“而且，应该也能找出她遭受久松勒索的秘密。”

由于年轻气盛，宫崎的语气难免显得有些武断。

中村看看矢部。矢部不愧是老手，只是谨慎地说了一句：“能找出来当然最好。”

“再说，”矢部又说道，“就算能找出这两项，山崎昌子可是还有不在场证明呢。如果证词记录属实，久松遇害时她可是和田岛在一块，对吧？想要推翻记者的证词，那可得大费周章呢!”

“我也有同感。”中村笑道。

刑警们离开以后，中村取出了田岛和山崎昌子的证词记录。

两人的证词几乎完全相同，唯一不同的是，田岛攀下山崖到达久松身旁听到他最后遗言的这一段。当时昌子虽是单独一人，但因为已经是久松遇刺之后，所以并不会有什么问题。

至于其他的时间，两人都在一起。田岛和昌子对这一点皆作证担保。如果这个证词可信，那么除非两人是共犯，否则昌子绝无杀害久松的机会。

（如果这个证词是谎言？）

中村暗自思量，两人都说谎的可能性并非完全没有，因为现场除了久松之外，就只有他们两人。假设昌子是凶手，而两人又是同谋的话，那么尽可以编出一切谎言。或许，是两人共谋把久松实诱至三角山加以刺杀。

（然而！）

中村歪着脑袋。假设这一证词是编造出来的，那也未免编得太过于天衣无缝了。任何谎言都会有破绽，但根据现场查证的结果，全都和两人的证词吻合。更何况，假设两人是同谋并说谎，那么就无法解释田岛看到久松的存折后神情大变的原因。那种惊愕的表情绝非作戏，中村清清楚楚地看到田岛的神情变化。

从那一瞬间，田岛才对恋人山崎昌子和久松的关系产生了疑问。如此说来，在案发的十一月十五日，田岛便不可能和昌子共谋杀害久松，也不太可能因为见到她杀死久松才为了包庇她而作伪证。

中村点上一根烟，再次阅读两人的证词报告。

他一边阅读，一边在摘要簿上写下重点：

1. 十一月十五日（星期一）。两人于十点在新宿会合，搭乘京正线列车。（由昌子选定出游地点。）

2. 攀登三角山，因路标有误而进入旧道。（提议登三角山的人也是昌子。）

3. 进入林荫夹道，在走出时，两人听到男人的惨叫声，胸口遭刺的久松蹒跚地走了出来，从崖顶滚落。

4. 田岛攀下山崖，听到“Tian”这个最后的遗言。（此时，昌子独自在崖顶。）

5. 两人下山到派出所报案。

括弧中是中村加注的可疑之处，其中最让中村在意的是，前往三角山并非田岛的提议，而是昌子的主意。

这可能意味着，山崎昌子事先已经知道三角山的地形，并且选定那里当作犯罪的现场。或许，她还利用了恋人田岛制造自己的不在场证明。这种推测虽然有可能发生，但只要有田岛的证词便无法获得真正的解答。

中村的脸色越来越凝重了。

## 3

外出调查山崎昌子和“天使”关系的宫崎带着疲惫的神情归来。

“似乎不太顺利。”宫崎已经失去了出门前的那股劲儿，用疲倦的声音对中村说道，“她上班的公司是三和商社，这名称和天使毫无关联。她在公司的绰号叫‘阿昌’，也不是‘天使’。”

“在进三和商社之前呢?”

“她来东京后的第一份工作便是在三和商社任职。原本期望她曾做过护士或在天使咖啡馆工作过，结果全都不是。”

“遭久松勒索的理由呢?”

“这也不清楚。”宫崎有气无力地答道，“前科当然是没有。问公寓的邻居及公司的同事，也没找到半个说她坏话的人。”

“但是，交二十万元给久松的人的确是山崎昌子啊!”中村面有难色地说道，“既然付了二十万元巨款，应该是有什么把柄落在久松的手中。”

“既然无法从她来东京后的这段日子查出任何眉目，那么可能是因为来东京之前的某桩事而遭到勒索的。”宫崎说道。

中村想起片冈有木子。她也是在来东京之前，因为在沼津发生的事而遭久松勒索。或许，山崎昌子的情况相同。中村的视线落到山崎昌子的履历表上。昌子是在十九岁那年来东京的，并非高中一毕业，是在岩手待了一年之后才突然来的。

突如其来的东京之行或许暗示着什么。

“似乎有必要走一趟岩手了。”

中村说道。他打算亲自到岩手走一趟。

## 4

中村在当晚便搭上了“北星”号。那是二十二时十八分由上野出发开往盛冈的快车。来送行的矢部说：“要是能在岩手查出什么眉目就好了。”

中村也希望如此。

这时节已经可以看到扛着滑雪设备的年轻人夹杂在乘客中，令人感到冬天的脚步正迅速逼近。

列车开动后，中村便取出山崎昌子的履历表，看着上面的照片。因为是四年前初进公司时的照片，所以看起来极为年轻。不过在南多摩警署见面时，她看起来仍然很年轻，那张脸完全没有变。

（她不是底片中的女人。）

中村暗忖道，年龄有差距。难道那名穿和服的女人真的和这次的案件无关？等他回过神来，才发现前座的老头正对着他嗤笑，大概是因为见到中村出神地看着年轻女人照片的关系。中村露出苦笑收起履历表，然后叼上一根烟。

抵达盛冈，已是第二天早晨的八点二十五分。

天上飘着细雪，中村站在站台上，皱着眉头竖起外套的衣领。前往昌子的故乡，得从盛冈转搭开往斧石的山田线列车。下一班开往斧石的列车是九点十分发车，必须等候近四十分钟，中村觉得有点儿不耐烦。

站在冷飕飕的站台上等候也不是办法，于是中村进入车站的餐厅，点了面包和牛奶。钻入耳里的净是口音浓重的地方腔，窗外的细雪加上地方口音，让中村更有一种来到北地的真实感。

到了列车开车的时刻，细雪仍未停歇。乘客稀少。火车开动后，中村把视线投向车窗外。盛冈的街头消失在眼前，景色变成清一色的银白世界，收割完的稻田及杂木林皆裹在一层白纱中。或许是雪花掩盖了一切声音的关系吧，窗外的景色令人有一种观赏默片的感觉。

（在如此静寂的地方，会隐藏着足以造成杀人案件的黑暗秘密吗？）

对于心底油然而生的疑念，中村感到有些无法释怀。

中村在K车站下车，下车的乘客只有他一人。细雪依然在半空中飘舞，车站及站前的道路皆被雪覆盖，一刮起风，积雪便漫天飞舞。

车站前只有一间临时搭建的餐厅开门营业。在只有稻田及杂木林的荒野中，孤零零地立着一间小餐厅，这是何等怪异的景象。这附近有一条从盛冈通往斧石的马路，或许这家餐厅专门做司机的生意。

餐厅内的泥土地上摆着火炉，店内没有半个客人，中村把冻僵的双手伸到炭火上。

“请给我来点儿热的好吗？”

中村朝店里头喊，立即有一名圆脸的年轻女孩子走了出来。

她的脸孔扁平，双颊红彤彤的：“只有拉面，可以吗？”

“可以。”

中村点头道。一想到这种地方竟然也卖拉面，他不禁露出苦笑。

“要不要来点儿酒呢？”

小姑娘从里头问道，中村应了声“不要”。

端上来的是速食拉面。吃完这碗都市风味的拉面后，中村问起K村派出所的地址。得到的回答是，从这里往北走大约五百米。付过账后，中村离开了餐厅。一条窄窄的道路直往北延伸。覆盖在积雪之下的岩手山脉看起来几乎近在眼前，令人觉得这条往北的道路仿佛被吸进了山里。

风变强了，细雪直扑脸颊，与其说是冷，毋宁说是痛。

餐厅的小姑娘说是距离五百米，但实际的路程却远了近一倍。当看见派出所的小小建筑物时，中村觉得全身似乎已经冻僵了。

派出所内，一名中年警员正就着火炉烤手，炉上还搁着鱼干，真是一幅悠闲的景象。一听到中村来自东京的警视厅，那名警员不禁瞪大了眼睛。

“是本村发生了重大事件吗?”

“不是。”中村答道，同时把手伸到火炉上，“事情没那么严重，只是想调查一下而已。”

“是什么事情?”

“这似乎是一处宁静的村庄。”

“是的。我来这里七年了，从未发生过能称得上案件的事情。”

“七年了吗?”

山崎昌子来东京是四年前的事，这么说来，她突然来东京不就和任何案件都无关了吗?

“案件是没有，但一到冬天便有熊出没，这才麻烦呢!”

“熊?”

“因为这一带是‘猎人万三郎’传说的诞生地。”

“是民间故事吗?”

“是啊，是熊和猎人的故事，描述了猎人的固执天性。猎人最后把长期追逐的大熊赶到一条狭窄的竹林小径，然后用长矛刺死了它。自从我来这里以后，虽然没有人被熊咬死，但受伤的倒有好几个。”

这名警员熟练地撕开烤鱿鱼，递给中村。中村放进嘴里嚼了起来。

“对了，这里有一位叫作山崎昌子的女孩儿是从K村到东京去的吧?”

“是的，没让人知道就去了东京。她是本村的第一美女，她姐姐也是个美人。”

“听说她姐姐已经结婚了，是吗?”

“是啊，她的姐姐名叫时枝，嫁到了本村的头号大户人家。夫家姓沼泽，婚礼是五年前举行的，那可是本村的一桩大事。”

“是因为仪式盛大吗?”

“这只是一部分原因，主要就是门第相差太远，所以有许多反对的声浪和流言。”

“门第吗?”

“一方是大户人家的儿子，一方是贫苦农夫的女儿，当然会引人议论。在这一带，结婚的对象并非由当事人或父母亲决定，而是由舆论决定。由于村落很小，在男女婚嫁之前，早就在村子里传出谁和谁最适合的传闻。如果婚姻违背了社会舆论，就会引起反对的声浪。”

“原来如此。”

“这当然很令人头痛，不过风气就是这样，改不过来。”

“现在他们夫妻俩的感情和睦吗?”

“好像很和睦。虽然在婚后的第一年发生了一件小小的不幸。”

“什么不幸?”

“时枝的头一胎流产了。”

“哦?”

“夫妻俩似乎受到相当大的打击。当初反对这桩婚事的人，甚至在背地里幸灾乐祸。两年前生下了女儿之后，夫妻俩才又恢复了精神。”

“对了，请你看看这张照片好吗?”中村把久松实的照片递给这名警员，“这个男人最近来过村里吗?”

“相当不错的美男子嘛。”这个警员眯着眼端详着照片，“不过，我没见过。这里是个小村落，所以一有外人来，应该马上就会知道。”

“真的没见过这男人吗?”

“没见过。”

中村颇觉意外，因为原先以为久松曾来过此地调查山崎昌子的过去。如果久松没来过，那么他究竟掌握了昌子的什么秘密？无论如何，有必要到沼泽家走一趟，问问昌子的事情。

中村问他该如何前往。这个警员指示了路线之后，看着中村的脚说道：“您的这双鞋子不行呢。”

雪已经停了，天空也变得明亮，但积雪很深，穿短筒靴肯定寸步难行。刚才只不过从车站走到派出所，中村的鞋子便已渗入雪花，袜子全都湿透了。

警员从里头找来一双旧的橡胶长筒靴，中村感激地借来穿上。

和警员道别后，步行了约五分钟，便见到村公所。为了谨慎起见，中村把久松的照片拿给村公所的职员过目，但得到的回答都是没见过，而且也没有人记得久松实这个名字。看来，久松没有到过村公所。派出所警员的话似乎属实，久松没来过K村。或许自己这一趟白跑了，一股不安的情绪突然掠过中村的心头。

## 3

沼泽家很容易找，是K村中唯一醒目的巨宅。踏入由山毛榉围成的宽敞庭院，便见到巨大的日本犬在庭院的雪地上巡逻。

狗一见到中村，立刻厉声狂吠。中村并不太喜欢狗。他停下脚步。此时，从幽暗的宅中露出一张年轻男人的脸。男人低声喝住了那条狗。

那是个瘦高的男人。

“你是哪位?”

这个男人问中村，腔调中虽然带着些口音，却是标准的东京腔。

“我是山崎昌子的朋友，”中村答道，“是公司的同仁。因为到这里旅行，所以我顺路过来拜访。”

“啊，”这个男人点头道，“那么你是时枝的客人了。”

从他的语调中推测，这个男人大概是时枝的丈夫。

“不巧她昨天有些感冒现在正在休息，请先进来吧。”沼泽招呼中村入内。

这家住宅巨大又华丽，但或许是因为挡雪用的屋檐过长，宅中的光线相当昏暗。

中村被请到后厅，厅堂里冷得令人发抖。一名小个子的老妇人端来一只火炉放在中村的身旁，中村猜她可能是沼泽的母亲。但沼泽说，因为时枝生病，所以从附近的农家请来这名老妇人帮忙。

“她是我们家的旁系亲戚。”沼泽解释道。

看来“嫡系”、“旁系”这类古老的语汇在此地仍然保留着相当的影响力，而“地主”、“佃户”等语汇显然也根深蒂固地保留着。纸拉门拉了开来，一位抱着小孩儿的三十来岁女人出现了。从她脸上的红晕来看，大概烧还没全退。

“我是昌子的姐姐时枝。”她说道。

“请你还是躺着休息吧。”中村慌忙答道。

“已经不碍事了，”时枝露出温柔的微笑说道，“倒是妹妹一直承蒙照顾。”

时枝行礼道谢。大概是根据中村的年龄而判断他是商社的科长或股长吧。

沼泽礼貌地先行告退。

坐在时枝膝上的小女孩儿天真地看着中村。据派出所警员说是两年前生的，所以这个小女孩儿应该是两岁吧。小女孩儿有一双酷似母亲的大眼睛。

时枝的手环抱着小女孩儿，中村突然注意到时枝左手的小指及无名指像是被咬去半截似的十分短小。

“啊!”时枝低呼了一声，同时用右手盖住了左手。

中村感到十分尴尬，因为刚才他在不知不觉中猛盯着时枝的指头看。

“对不起!”中村面红耳赤地说道。

“没关系。”时枝露出笑容答道，“是小时候被熊咬的，虽然只是一只小熊。"

"是熊吗?"

那个警员的话似乎不假。

中村把话题转到昌子身上:"听说令妹在十九岁时去的东京,是什么理由让她突然离家呢?"

"昌子从小就一直想要去东京,再加上家父家母双亡,所以没必要留在家乡。"

"她不是高中一毕业就立即到东京去的吧?"

"是的,她在这个家帮忙做了一年的事。"

"她住这里吗?"

"是的。"

"前些天回来过吧?"

"是的。"

"回来是为了什么呢?身为她的上司,我觉得有些挂心,所以才问这些事。"

"好像没什么特别的理由。她自己说是突然想看看家乡的山。那孩子一想到什么,便会立即行动。"

中村感到时枝的话中有假,或许是昌子叫姐姐不要透露十万元的事吧。也可能时枝是私底下拿钱给妹妹的,所以不想让家人知道。

"昌子小姐来过信吗?"

"有的,虽然一年只有两三封。"

"信上是否写过她有什么烦恼的事吗?"

"你所说的烦恼的事指什么?"

"比如爱情之类的。"

语毕,中村突然想到一件事,于是恍然大悟。

(对了,是爱情问题!)

中村为了追查山崎昌子的秘密而来到此地,因为他心中认定久松必然掌握了昌子的某种秘密。然而,秘密可能不在昌子,而在久松身上。久松自己难道就不能成为勒索的把柄吗?因此,他根本没有必要特地来岩手。

(我竟然疏忽了这么简单的事。)

中村在心底暗自懊恼,其实他没有必要跑这一趟。

久松是个美男子,勾引女人颇有一套。出身于岩手乡间的昌子由于受了久松的诱惑而与之发生了关系,这也没什么好奇怪的。

久松之前已经结交了"天使"酒吧的女老板。由于文代对其而言是棵摇钱树，所以久松不肯放手，因此他和昌子的交往便成为一种秘密。难怪当初在过滤久松的异性关系时，并未发现昌子的存在。或许昌子向久松提出了结婚的要求，但生性风流的久松却不打算和她结婚。当昌子的心情正感焦躁之际，日东新闻社的田岛恰好出现。

对年轻女孩儿而言，新闻记者无疑是一种富有吸引力的职业，何况田岛虽然并非美男子，却足以让人产生好感，于是昌子便被他所吸引。然而，在论及婚嫁之际，昌子开始担心她和久松的关系。要是自己和别的男人有过肉体关系一事曝光，田岛可能会掉头而去，何况久松也不是那么好说话的男人，不知道会惹出什么麻烦。

昌子考虑用钱“埋葬”过去的一段情，久松同意以二十万元成交。于是，昌子从自己的户头里提出了十万元，不足的十万元则向姐姐借。

“请问，”时枝拘谨的声音打断了中村的思考，把他拉回现实，“你怎么了?”

“啊，没事。”中村慌张地笑着说道，自己刚才一定是茫然地看着虚空出神，“抱歉，打搅你了。”

虽然时枝加以挽留，但是中村说自己还有要事要办。

他踏出门外时，见到幽暗的走廊上站着一位老先生和一位老妇人。两位老人见到中村后默默地鞠了一个躬。这个老妇人并非先前那个旁系亲戚，他们大概是沼泽的父母亲吧。中村一边躬身还礼，一边感到此地真是守旧得可以。

## 6

中村乘当天的火车返回了东京。

坐在开往上野的列车中，中村取出记事本，一边做摘记一边继续先前在沼泽家被打断的思绪。列车行驶在轨道上所发出的单调声响有助于他思考。

昌子打算用钱切断关系而付了二十万元给久松。她认为，这样一来自己便能够和田岛结婚。但久松拿了钱之后，大概突然舍不得放弃昌子了。

此乃常有之事，男人就是这样自私。“天使”酒吧的女老板虽是美人，但是已经不再年轻。脱衣舞女郎片冈有木子虽然身材惹火，却不够清纯。昌子既年轻又漂亮，所以久松突然舍不得也合乎常理。

由于久松的态度突然转变，所以昌子感到惊慌。照这样下去的话，和田岛结婚之事就要化为泡影了。但是如果继续和久松维持纠缠不清的关系，昌子又觉得无法忍受。

于是，昌子决定除掉久松。她引诱久松到三角山，至于是以什么样的方式尚不清楚，总之骗出了久松并且顺利地把他刺杀，还利用恋人田岛制造了不在现场证明。

中村掏出烟点燃。车厢里的暖气过强，以致变得闷热起来。中村脱掉外衣，仅穿着衬衫，同时把脚伸到前面的空位上。

(到这里为止，自己的推论应该是正确无误的。)

中村暗自思忖着。他继续整理剩余的问题，并试图以自己的方式加以解答。他在记事本上写下：

问题一，关于天使。

他认为可能有两个答案。答案之一是久松的最后遗言并非提示凶手。然而，这个答案不太容易被接受。

第二个答案似乎较具说服力。绢川文代和片冈有木子都和天使有关，然而文代已经三十多岁了，而有木子又是个脱衣舞女郎。如此一来，在久松的眼里，和天使毫无瓜葛的山崎昌子反倒最像天使。在这种潜意识下，久松才会在临死前说出“天”这个字。

问题二，关于田熊香子之死。

中村认为这个答案很简单。既然是他杀，就和久松之死脱不了关系。

假设是同一凶手所为，则已死的片冈有木子就不必列入考虑。至于绢川文代虽然确实有下手的机会，却缺乏非杀田熊香子不可的理由。为什么呢?因为绢川文代和久松的关系宛如半公开的秘密，所以就算管理员田熊香子作证看到她出入久松的公寓，也没什么大不了。如果久松是在他的公寓里遭到杀害，田熊香子的证词或许还可能成为致命伤，事实上久松却是在遥远的三角山遇害。

剩下的只有山崎昌子。她和久松的关系是一种秘密。假如这种关系曝光，便成了她的致命伤，不仅会被警方怀疑，更会失去田岛。假设她出入久松的房间时被田熊香子撞见，那就无论如何都要杀人灭口了，所以山崎昌子极有可能杀害了田熊香子。中村觉得自己返回东京以后，有必要调查昌子在田熊香子遇害当天的不在场证明。

问题三，山崎昌子用什么手法刺杀的久松?

这仍然是未知数。假如全盘相信田岛和她的证词，那么她便没有下手杀久松的机会。然而，既然昌子是凶手，那么必然会露出某些破绽。

想要找出破绽，就必须仰赖田岛的协助，但是恐怕他会拒绝合作。只要他爱昌子，自然会对警方试图证明她是凶手所作的努力采取不合作的态度。

然而，田岛的协助绝对有必要。因为十一月十五日在三角山时，除了遇害的久松以外，现场就只有田岛和昌子两人。如果他坚决主张昌子不可能下手杀死久松，那就构成了一个牢不可破的不在现场证明。

返回东京以后，无论如何都必须设法说服田岛协助警方，请他回忆十一月十五日当天的情况。如此一来，应该可以找出和第一次证词的差异之处。这些差异必然能证明山崎昌子的罪行。

中村交叉着双臂，凝视着窗外的夜色。

# 第十章　稻草人和海苔卷

## 1

“科长说想要见你。”

听宫崎这么说，田岛感到自己的表情霎时僵硬起来，他猜得出科长要说什么。

田岛知道警方正在追查昌子，矛头不再指向片冈有木子或绢川文代，而是指向昌子。田岛也知道中村去了一趟岩手。不仅田岛，连其他报社的记者也都知道中村的岩手之行，只是不知道他赴岩手的理由。只有田岛知道其中的原由，如果换成是以前，他早就为了争取独家新闻而死命地四处采访了。但这件事牵扯到昌子，他根本没那个心情。

他来到了科长室的门前，其他报社的记者半认真半开玩笑地对田岛说道：“私底下做交易，太狡猾了吧！”

当然，这只是玩笑话，但田岛听起来却感觉像在讥讽般刺耳。

在科长室里，科长和中村都到了，就等田岛一人。

“请坐吧。”

科长请田岛坐下。

田岛坐下后，习惯性地取出摘要纸。等他察觉后，不禁露出苦涩的表情，因为今天接受询问的人正是他自己。

“警方有事相托，所以才请你来。”科长说道，“当然，警方既无意也无法强迫你和我们合作，只是希望你尽可能予以协助。”

“我会尽量配合的。”

“你知道警方如今正在追查谁吧?”中村警部助理问道。

“我知道。”田岛用僵硬的声音答道，“即使我说不知道，恐怕你们也不会相信吧。”

“警方正在追查山崎昌子。”科长用慎重得可笑的语气说道。

当“昌子”的名字由科长的嘴中说出时，田岛立即感到一阵儿不安，仿佛她已经成了遥远的不归人。对科长和中村而言，昌子并不是身心稚嫩的年轻女孩儿，而是典型的嫌疑犯。

这是可以理解的，田岛却对此产生一种莫名的反感。

田岛默默地点燃了一支烟，或许是喉咙干涩的关系，烟味变得异常辛辣。

“我明白你的心情，”科长继续说道，“也了解你的立场和苦衷，但警方却有不得不尽的义务，无论如何我们必须侦破杀人案件并逮捕凶手。”

烟味变得越来越苦涩，田岛把长长的一支烟丢进桌上的烟灰缸。

“警方认为山崎昌子是杀害久松的凶手。”

“胡说!”

“你自己也在怀疑她。你调查过她的存折，知道她在十月二十六号提出了十万元。”

“你派宫崎跟踪我而作了调查吧?”

“是的。此外，警方还作了其他调查。我们比对过山崎昌子和在三星银行上野分行汇出二十万元的戴太阳镜女子的笔迹，证实是同一人的笔迹。她因为遭到久松的勒索，所以在十月三十号支付了二十万元。”

“换句话说，山崎昌子有杀害久松实的动机。”中村替科长补充道。

“可是，”田岛说道，“并不是只有昌子一人遭到久松的勒索吧?片冈有木子也是其中之一，再说酒吧的女老板绢川文代虽然情况不尽相同，但也和遭受勒索没什么两样吧。除了这两人以外，或许还有其他人遭到久松的勒索呢。就拿他公寓的邻居来说，或许其中就有人恨不得杀死他。”

“警方对此也作过调查。”中村露出苦笑答道，“我们也到青叶庄探听过，该作的调查全做了，经过层层过滤后，矛头直指山崎昌子。”

“警方原先不是锁定了片冈有木子吗?”

“我承认原本是锁定她的，但是你洗清了她的嫌疑。你作证说青叶庄管理员田熊香子是死于他杀而非自杀。如果两案是同一凶手所为，则片冈有木子就是无辜的。”

“所以就断定昌子是凶手了吗?”

“不是断定，警方只是在调查而已。”中村谨慎地说道，“警方也调查了山崎昌子在田熊香子遇害当天的不在场证明。”

“结果她的不在场证明呢?”

田岛努力装出若无其事的语气问道，声音却不由自主地轻微颤抖。为了掩饰心中的不安，他叼上第二根烟。

“当天她未向公司请假，但她在中午过后早退，理由是腹痛。”中村说道，“青叶庄就位于山崎昌子上班路线的途中，只要早点儿起床，不需请假也有可能把牛奶瓶调包。至于早退一事，警方认为，她想绕去青叶庄确定田熊香子是否已死，同时摆放‘阿尔多林’的空瓶，并且再次把牛奶瓶调包。”

“你们有证据吗？有什么证据可以证明是昌子把牛奶瓶调了包?”

“很遗憾，警方尚未掌握任何证据。”

“既然如此，怎知她不是真的腹痛而早退呢?”

“她的同事劝她到公司的医疗室看病，但她拒绝了。”

“那又怎么样呢?”田岛用干涩的声音说道，“有时我头痛或腹痛，也不愿意去看病啊！退一步来说，假设她是装病早退，仅凭此就断定她有嫌疑，这未免也过早下结论了吧。因为她还年轻，有时遇到想看的电影，装病早退也算不了什么。”

“我明白你为什么替她辩护。”

“我不是在为她辩护。”田岛提高了音量，“无论情况对昌子多么不利，她也绝不是凶手，因为昌子不可能杀死久松。久松遇害的当天，她和我在一起，一直在一起。听到久松的惨叫时，她就在我的身旁，又怎么有办法杀死久松?”

“我反复看了许多遍那份证词，”中村面有难色地说道，“因此才希望你能合作。”

“莫非你认为我为昌子作了伪证？如果你们如此怀疑，那就大错特错了，我的证词并没有半句虚假。”

“起初警方怀疑你作了伪证，因为久松死时，旁边只有你和山崎昌子两人，只要你们事先套好供词，就有可能编出任何巧妙的伪证，但是警方并不认为你作了伪证。”

“我本来就没有说谎。”

“但是有可能你在证词中遗漏了些什么，这是很有可能的。”

中村紧盯着田岛的脸，背靠在椅背上的科长也紧紧地凝视着田岛。

中村又说道：“警方认为，当天的案件是由凶手精心策划的。凶手按照计划选择三角山作为杀人现场，同时把久松诱至当地，而且还选择了你来制造不在场证明。”

中村只使用“凶手”一词而未指名山崎昌子，然而，很显然他是一边在脑子里想着她的名字一边叙述。

“换句话说，警方认为你是被凶手利用了。”

“昌子不是那种女人!”

“如果不是，那当然最好。但是不论是谁，只要犯了杀人罪，警方都必须加以逮捕。”

“我当然明白。”

“既然如此，就请你和警方合作。”

“但是，昌子真的不是凶手。”

“在下断言之前，请你再看一遍你的证词好吗?”

一直默默不语的科长低声开了口。中村取出一份打印的文件，摆在了田岛的面前。

田岛瞄了文件一眼，说道：“再看也是一样，我并没有说谎啊!”

“这我知道。”科长依然低声说道，“并不是要你更正，只是请你再看一遍。”

田岛无可奈何地拿起了这份文件翻阅。在扫描文件中的铅字时，十一月十五日当天的情景在他的脑海中鲜明地苏醒过来。

昌子的微笑，遍洒的晚秋阳光，满山的层层红叶，错误的路标，林荫夹道，昌子的白色毛衣，男人的惨叫声，久松的痛苦神情……这些景象一一掠过他的脑海。证词并无疏漏之处，不，只有一处疏漏，但他认为那是私事，和案件毫无关系。

“怎么样？有什么遗漏的地方吗?”中村问道。

“没有。”

“真的吗？不论是多么小的遗漏，也请你告诉我，好吗?”

“记录上没有记载我替她拍照一事，这是私事，没必要写进去吧?”

“不，还是请你说出来。你为山崎昌子拍了几张照片?”

“只有一张。”

“地点呢?”

“在林荫夹道里。她的鞋子里跑进了小石子，我趁机拍下她蹲着取出小石子的镜头。”

“是在林荫夹道里吗?”中村的神情变得十分凝重了，“请你再详细说说当时的情景，好吗？那一带很狭窄，应该容不下两个人并肩而行吧?”

“我走在前面。”

“然后呢?”

“我朝后头说话，却没听到回答，转头一看，发现她正蹲在地上。她说小石子跑进了鞋子里。由于她的蹲姿十分好玩，所以我便拍了一张照片。”

“这么说来，在你说话和转过头的这段时间，山崎昌子并不在你的视线范围喽?”

“当然啦!”田岛鼓起脸颊，“那段时间只有两三分钟。再说，久松实被杀是在我和昌子穿过林荫夹道之后，那时候的两三分钟应该和此案无关。”

中村默默地考虑了一会儿后，说道：“还有什么忘了说的地方吗?”

“没有了。”田岛用生硬的语气答道，“总之，杀死久松的人不会是她。如果警方把她逮捕，我会站上证人台，为她的清白作证。”

“在谜团尚未解开之前，警方不会逮捕山崎昌子。”科长镇静地说道，“警方觉得十一月十五日的案件有可能是山崎昌子一手导演的。选定三角山及错误的路标全是为了谋杀久松实而精心策划出来的，警方打算证明这一点。”

## 3

离开科长室时，田岛的脸上残存着阴郁、不安以及激动。

科长说，这全是山崎昌子一手导演的。田岛对此无法置信。他不认为，也不愿意相信昌子会为了杀死久松而背叛并利用他。这全是警方的臆测。为了掩饰之前的失败，警方想拿昌子当牺牲品。想到这一点，田岛觉得自己根本无须理睬警方的行动。

然而，田岛依然不安。他一方面相信昌子的无辜，一方面又对内心深处的疑惑和不安感到无法释怀。

案件发生之初，田岛丝毫未对昌子起疑心。在那一瞬间，怀疑这个词和他完全扯不上关系，杀人事件和山崎昌子根本就存在于两个不同的世界。但是在看见久松实夭折的那一刹那，他的信心开始动摇了。

那一刻所产生的疑虑和不安至今存在，而且越来越强烈。所谓只要爱得够深，就不会产生怀疑，只不过是爱情神话罢了。田岛至今仍然深爱着昌子，但是他无法抹去心中的疑虑。

离开搜查总部后，田岛便往新宿走去。他想要再走一趟和十一月十五日案发当天同样的旅程。并非他相信科长及中村所说的话，而是他想要驳倒警方所咬定的“精心策划”这个词。

他到达新宿时是十点半，比那天晚了三十分钟。不过时间并非问题，而且气候也和那天不一样，要想重复和那天完全一样的过程，是不可能的。

百货公司的地下室的京王新宿车站和那天一样，在日光灯的照射下散发出苍白的光亮。

田岛在售票口停下脚步，抬头看着贴在墙壁上的沿线指示图。图上标有各站的站名，底下则绘有简单的名胜插图。

案发当日，昌子说因为觉得“圣迹樱丘”这个站名最浪漫，所以才买了到该处的车票。难道这也是“精心策划”好的吗?

田岛逐一查看从新宿到终点站八王子之间的站名，让他觉得“浪漫”的有好几个。

芦花公园

杜鹃花丘

多磨灵国

分倍河原

百草园

平山城址公园

另外，还有几个有趣的站名。然而，和“圣迹樱丘”相较，究竟哪个更浪漫呢？田岛自己也说不上来。何况每个人的感觉不同，就站名这件事而论，实在无法认定昌子的话是经过精心策划的。

田岛把视线从墙壁上的沿线指示图移到观光服务处。昌子曾向田岛说，她问过服务处的人，得知圣迹樱丘有一座适合上班族攀登的矮山——三角山。难道这事也是精心策划的吗?

田岛举步走向服务处。

大片的玻璃门上用金漆写着“京王新宿观光服务处”。由于是玻璃门，从门外便能看见里面有三名职员正拿着手册对询问者解说着。

他推开门踏入里头，一股闷热的暖意扑面而来，暖气似乎太强了。田岛看见一名空闲的男职员，便开口向他表示自己想知道有关圣迹樱丘的资料。

“该站的名胜有延命寺、熊野神社及金刀比罗神社等。当然，还有圣迹纪念馆。”年约二十二三岁的年轻职员用读稿般的声调答道，“另外，还有鸟兽实验场、三条实美候的别墅‘对鸥庄’。该处取名为樱丘，是因为那一带的丘陵自古便是樱花胜地。在万延元年，村人还新植了三百六十株樱花树。”

田岛默默地听着男职员的解说，一直到最后他都没提到三角山。

“听说那里有一座叫作三角山的矮山。”田岛问道。

“是的。”男职员点头答道，“视野虽好，但没什么名气，也没有樱花。”

“所以你们并不推荐喽?”

“嗯，是的。”

“听说三角山是座适合上班族攀登的山，是真的吗？”

“适合上班族攀登？”男职员反问了一句，然后闪现出一抹笑意，“我没去过，所以不清楚是否适合上班族攀登。”

“我的朋友说，上一次你们服务处这样告诉她的。”

“我们服务处吗？”

男职员似乎觉得十分不可思议，他不记得曾经那样说过。他向另外两个人询问，他们也是同样的表情。

“我想我应该不会向询问者介绍三角山，因为圣迹樱丘当地名胜古迹多得是。”

“我的朋友说，是十一月十五日在这里听到你们推荐的。”

“这就怪了。”男职员歪着脑袋不解地说道，“这个服务处是在半年前成立的，一直都只有我们几个。我们不曾向人推荐过三角山是座适合上班族攀登的山，会不会是弄错了？”

“可能是吧。”田岛用阴郁的声音答道，他没有其他的话好说。

“您的朋友是不是在三角山受了伤什么的？”男职员问道。

田岛摇摇头：“不，她说是一趟快乐的旅行呢！”

## 4

田岛感到胸口好像裂开了一个大洞。

昌子说三角山是服务处推荐的，显然是一个谎言——昌子事先就知道那座山。

（然而，也不能光凭这点就怀疑她吧！）

田岛企图说服自己。昌子假装没听过三角山，谎称它适合上班族攀登，可能只是她孩子气的想法，希望借此让两人的假日更加富有情趣。

田岛自己也有过类似的经验，那是和昌子一起乘坐过山飞车时。他以前就坐过，却谎称自己是生平第一次坐。他从说谎中得到一种小小的乐趣，昌子或许也是基于相同的心思吧。

其实，这两者之间有着极大的差异，但田岛却故意视而不见。以过山车之事来说，那是一种天真的谎言了而三角山旅行却扯上了杀人事件……然而，他无法永远欺骗自己。

田岛买了去圣迹樱丘的车票。

电车和那天一样空荡荡的。车厢内弥漫着一股懒洋洋的气氛，完全没有高峰时间所感受到的蓬勃朝气。

电车开动后，田岛便闭上了眼睛。他想利用抵达之前的这段时间想一些快乐的事。

田岛试着想象自己和昌子结婚的景象。这桩案件迟早会结束，只要找出真凶（当然不可能是昌子），那么事件便告结束，结案之后，自己马上就和昌子结婚。

田岛在心底反复地念着结婚这个词。然而，在此之前让他觉得无比美妙真实的这两个字，此刻竟然只带给他难以言喻的空虚感。

田岛感到一阵儿惊慌。在内心尚未恢复平静之前，电车已经驶抵了圣迹樱丘车站。

天空中乌云密布，铅灰色的天空已是冬季景象。一踏上冷冷清清的站台，便见到在右手边多摩川的方向有焚烧枯草的烟雾冉冉升起。

田岛步出检票口。在那一天买底片的相片冲洗店里，老板正无聊地翻着周刊，空地上有孩子在生火取暖，好一幅悠闲的景致。那桩案件在此地已经被遗忘了吗？

田岛循相同的道路缓步而行。昌子曾在这条路上和田岛手牵手、相依相偎着前行，难道那种亲密态度也是为了避免他回头看而伪装出来的吗？

田岛极不愿意这样想。宛如那天灿烂的阳光一样，他相信那是她爱意的表现，然而……出过问题的路标已经改正过来了。四下无人，田岛朝着林荫夹道前进，脚底下堆得厚厚的枯叶发出沙沙声。那一天，枯叶是否也曾发出沙沙声？他记不太清楚了。

红叶季节已经结束了。

田岛停下脚步，昌子的鞋子跑进小石子的地方大概是这附近吧，他想不起正确的位置了。田岛蹲在枯叶上，由于枯叶堆积得很厚，所以地面被遮盖住了。

那天昌子穿着一双乳白色的低跟鞋，鞋子看起来很合脚，但也不能就此断言不会有小石子跑进鞋子里。

小石子是有可能跑进鞋子里。然而，田岛的脚底下全是枯叶，根本看不到一颗小石子。他用双手扒开层层枯叶，赤褐色的地面露了出来，但全是黏土质的土地，找不到一颗小石子。

田岛的脸上浮起一抹惊慌。他慌张地站起来，环视四周，试图寻找一处小石子较多的地方，但在林荫夹道中净是枯叶厚毯，找不出任何可能造成小石子跑进鞋内的地方。

难道连小石子跑进鞋内也是谎言？疑惑袭上田岛的心头。然而，那天和今天不同，那天是红叶灿烂的季节，或许枯叶不像今天堆积得这么厚。田岛拍落沾在裤子上的枯叶，然后往车站的方向折回。

当时田岛曾替昌子拍照，因为用的是彩色底片，所以只要把底片插入幻灯机里放映出来，或许就能弄清楚当天的枯叶究竟有多厚。

## 5

返回公寓后，田岛立即从壁橱里取出那台已经旧了的幻灯机。天色还很亮，田岛把窗帘拉上，房内立即变暗了。

田岛用图钉把一张新床单固定在墙上当荧幕，随后把正片插入幻灯机。打开开关后，鲜明的色彩立即在简易的荧幕上扩大开来，他谨慎地调妥焦距。

昌子模糊的脸霎时变得清晰。

她的白色毛衣和红叶的艳红形成极美的对比，蹲在地上的她用右手拎着一只乳白色的鞋子。田岛的视线自然而然地望向昌子的脚下。枯叶已经堆积起来了，虽然不像今天这么厚，但那天确实已堆积着一层枯叶。

田岛感到自己已经被彻底击溃。就在他想关掉幻灯机之际，他突然发现荧幕上有个奇怪的东西，使他不禁缩回了手。

那是一根线。

有一根细细的线横过昌子的背后，线的高度刚好在膝盖附近。由于昌子蹲着，所以那根线只露出了一小段，感觉上似乎是横在背后。看起来是一根赤褐色的细线。如果出现在黑白照片中，细线可能会融入景中而看不见，但因为拍照时使用的是彩色底片，所以细线和背景产生了微妙的颜色差异，因而一眼就能看出来。何况正片经过幻灯机放大了许多倍以后，颜色更是一目了然。至于交给昌子的那张照片，因为尺寸太小，所以田岛并未注意到那根线。

(那是什么东西?)

田岛凝视着银幕上静止的画面。宛如一条被拉长的橡皮绳或细麻绳，但又有点儿像是细铁丝。那根线绷得很紧，简直就像是一条拉得满满的弓弦。

(如果脚碰到了那根线会怎么样呢?)

想到这里，忽然有一种不祥的念头涌上田岛的心头。

## 6

陷阱!

这个词跳入他的脑海，是捕兽的陷阱！只要稍微经过改良，应该可以变成足以让刺刀刺入人体的陷阱。田岛记起来了。案发当天他曾为不断弹跳回来的树枝所恼，今天他行走在林荫夹道时也遇到同样的情况。

如同用弓射箭般地把刺刀射出，那处场所多得是像弓一般的弹性枝条，而那条赤褐色的线不正是扳机吗？横拉在膝盖高度的一根线，要是有人走过，脚一定会碰到线。如果是普通的场所，人们可能会注意到那根线，但那里的光线幽暗，再加上注意力被反弹到脸上的枝条分散，所以无暇顾及脚下。

田岛想起杀死久松的那把凶器。根据警方的公布，那是一把用细长锉刀改造成的刺刀，刀刃被涂成墨黑色。当初听到警方的公布时，田岛对于凶手为何不辞辛劳地使用手工制的刺刀颇感费解，如今想起来，他觉得其中的理由极为明显。对凶手而言，使用普通的匕首当凶器是行不通的，必须是像箭一般能刺进人体的细长刺刀。至于涂黑刀刃，显然是为了避免刀刃的反光暴露出陷阱的位置。警方也公布了刺刀上有一手工制造的护手，这护手的功用大概就是用来张挂陷阱的吧。

田岛知道昌子出生在熊频频出没的东北部山村。在十九岁赴东京之前，她一直都在家乡生活，当然懂得如何在山中设下捕兽的馅阱。而且凭她的聪明程度，想要把它改造成一组杀人的陷阱并非不可能的事。

或许昌子真的杀了久松。然而，陷阱又是如何装设的呢？是假借小石子跑进鞋内，趁着蹲下之际设好的吗？应该不可能，因为蹲下来的时间只有两三分钟，不可能用来装设一组杀人用的陷阱。

陷阱是事先就设好的。田岛当天十点钟和昌子在新宿碰头，只要昌子早点儿起床，应该有足够的时间前往三角山装设陷阱，或许她也顺便把路标的指示弄反。当田岛走过时，既无刺刀飞来，脚下也未碰触到任何东西，因为在那个时刻，扳机的部分并未套上去。

等田岛通过之后，昌子假装小石子跑进鞋内，蹲下来把扳机装置，也就是那根线张挂在膝盖的高度。因为只是如此简单的动作，所以有两三分钟也就够了。结果是久松中了那个陷阱。

田岛再次把视线投向银幕。昌子为了拍照之事而娇嗔，一直说要要回底片，原因并非是嫌拍照的姿势不雅，而是担心陷阱会被摄入照片中。然而在久松实遇害后，南多摩警署的刑警们应该也曾仔细搜索过林荫夹道，可是并未发现任何陷阱的痕迹，甚至连根绳子也没捡到。

（这是为什么呢？）

答案立即就解开了。田岛攀下山崖到久松跌落处的那段时间，只有昌子独自一人在崖顶，那段时间应该够她处理掉陷阱了。何况还有那个袋子。那个袋子除了装三明治及海苔卷之外，再装些绳子、铁丝等，应该还绰绰有余。

田岛关掉幻灯机，却没心情拉开窗帘，只是抱着头，一动不动地坐在幽暗的房中。

## 7

第二天，田岛再次前往圣迹樱丘，他觉得非去不可。和昨天的阴沉天气恰好相反，今天是个晴朗的冬日，但寒风冷冽。三角山依然静寂如常。

怀着比昨天更沉重的心情，田岛走进林荫夹道，脚底下的枯叶依然发出沙沙声。

纠缠交错的树枝再加上仅容一人通行的窄路，令田岛有一种后见之明，觉得此处正是装设杀人陷阱的绝佳场所。头上全是浓密的枝叶，如果不用手拨开，简直寸步难行，一不小心，又有柔软的枝条反弹到身上，在注意力分散的情况下，既无暇注意陷阱，道路又狭窄得连避开刺刀的空间也没有。

问题是，如何调整陷阱，使得刺刀刚好能刺中心脏部位呢？究竟是以什么当基准来装设陷阱的呢？由于解不开这些谜题，所以田岛才想再次赴现场调查。

或许某一树枝或树干上会留下绳子的磨痕，他想查明这一点。一边受反弹回来的枝条所恼，田岛一边仔细地查看茂密的杂木林。有了！在一株细而坚韧的村干上有一处绳子的磨痕，如果非刻意寻找，绝对不会有人注意到这道轻微的绳痕。没有发现后的喜悦，取而代之的却是无比的绝望。杀死久松的凶手果然是昌子。就像科长及中村警官所说的，那天的约会全是昌子精心策划的。

田岛又忆起，久松边淌着血边以游泳般的姿势出现时的情景。他记得清清楚楚，久松的脸因痛苦而扭曲，两手就像求救似的向他伸出，那双求救的手——不，或许并非在向田岛求救。久松在当天被昌子诱至三角山，原本以为昌子会单独前来，不料却带着田岛一道出现，依常理判断，他当然会尾随。

尤其久松是一个喜欢挖掘他人秘密的男人，而且性格又阴沉。昌子显然早就把这些计算在内，因而在该处设下了陷阱，久松果然被诱进了陷阱。在刺刀刺入胸前的那一刹那，久松必然明白自己中了昌子的圈套。如此看来，向前伸出的双手并非是向田岛求救，而是想抓住和田岛在一起的昌子。

田岛穿过林荫夹道，来到久松当时滚落的崖顶。和当时一样，山白竹依然浓密。

田岛茫然地从崖顶往下望。就在此时，底下的山白竹丛中突然传来巨响，田岛惊骇地睁大了眼睛。从摇晃的山白竹丛中出现了一张男人的面孔，那是身穿一袭旧雨衣的中村警官。

对方看见田岛，似乎也略感惊讶，但随即露出笑容，缓缓地攀上崖顶。

中村警官的双手满是污泥，他边拍落泥巴边看着田岛。

“见到你出现在此处，就知道你大概明白山崎昌子是凶手了吧。”中村说道，“她设下陷阱杀了久松。由于凶器是涂黑的刺刀，加上她的家乡有熊出没，所以让我联想到陷阱。再者，岩手所流传的民间故事‘猎人万三郎’也是一道提示，那是一则猎人用矛杀熊的故事，那把刺刀就是矛。正如同猎人万三郎把熊驱入无路可逃的竹林小径一般，她把久松诱入这林荫夹道中。”

“陷阱的事我知道。”田岛用干涩的声音答道，“所以，我才会到这里来。”

“既然如此，那我就不必多说了，虽然我很同情你。”

“不必同情我，倒是你刚才在山崖下做什么?”

“我在寻找稻草人。”

“稻草人?”

“对，稻草人。”中村看着田岛，露出了笑容答道，“我从南多摩警署得知，附近的农家在案发前几天丢失了一个稻草人，当时我觉得这件事和本案无关，老实说，我还认为南多摩警署提供了无聊的报告呢。然而，如果是山崎昌子利用陷阱杀了久松，那么稻草人丢失一事便有重大意义。我想你已经明白，凶手必须事先练习，以确定刺刀能准确地刺入久松的胸口，所以利用和真人同样大小的稻草人当做练习靶子。”

田岛心中最后的疑点也获得了解答，事到如今，昌子已经无路可逃。

“那个稻草人呢?”

“找到了。”中村兴奋地答道，“就在这下面，藏在山白竹丛里。稻草人身上还留有多处刺刀刺过的痕迹。另外还有一件先前疏忽掉的事，这事也是南多摩警署特别提出来的，我却也认为和案情无关，所以未提出检查。报告说在案发后的三四天，附近农家的小孩儿吃下捡来的海苔卷而引起食物中毒。在接到报告的当时，我就该想到山崎昌子携带的那个袋子。要装设陷阱，得准备坚韧的绳子或橡皮带，然而，南多摩警署调查过现场后，并未找到这些物品，为什么呢？因为被山崎昌子藏起来了，就藏在那个袋子中。然而，如果袋子鼓鼓的话，恐怕会引起你或南多摩警署刑警的疑心，所以她才把袋中的海苔卷丢弃。案发后的三四天全是难得的秋老虎天气，所以儿童吃了捡来的海苔卷便引起了食物中毒。证据已经齐备，虽然同情你，但我必须逮捕山崎昌子，罪名是涉嫌杀害久松实和田熊香子。如果你想阻挠，便会以共犯的罪名遭到逮捕。”

# 第十一章 “A. B. C”

## 1

山崎昌子被捕了。

田岛写了相关报道。既然身为社会版的记者，又负责该案件，他不得不写。依照原先向主编承诺过的，田岛的报道比其他报社更深入，因为遭逮捕的嫌犯是他的恋人，所以他还写了些只有他才知道的事。

田岛勉力提笔书写。写完后，他把原稿交给主编，然后要求道：“我能请两三天的假吗？”

因为，他已身心俱疲。

“好吧。”主编答道，“你暂时休息一阵子也好，然后就把这一切忘掉吧！”

如果能忘得掉，他也想忘掉，但是人的心灵真能如此自由吗？

主编给了他三天假。

该如何利用这三天呢？如果只是轻微的痛苦，那么大可借酒浇愁，然而如此严重的创伤根本不是酒精所能治愈的。田岛考虑外出旅行，他想到某个遥远的地方茫然地度过三天。

田岛前往银行，把六万多日元的存款全部提了出来。他不喜欢储蓄，之所以存了这笔小钱完全是因为想和昌子结婚的关系。说起来有些荒谬，是“梦”让他变得现实。然而，如今昌子已经遥不可及，存款也就失去了意义。

田岛想要到离东京最远的地方。他觉得北海道不错，于是买了十八点五分飞往札幌的机票。

四引擎的喷气客机仅飞行了一小时便把田岛带到了札幌。

札幌正飘着雪。走出机场搭上出租车之后，田岛交代司机“拉我到一处安静无人的地方”。然而，司机却把他载到游客众多的定山溪温泉。田岛原想去一处连电视、报纸都没有的偏僻温泉，但等他在旅馆前下了车后，便再也提不起劲儿去寻找符合期望的温泉。

这是一间钢筋水泥盖成的硕大的旅馆。一名女服务生带领田岛到房间，她对每个房间皆装有电视及音响设备不亚于东京的一流旅馆似乎颇感自豪，田岛却为此露出苦笑。

等女服务生离去后，田岛立刻用布把电视机盖起来。

沐浴后，田岛随即上了床，虽然肉体极为疲倦，却迟迟无法入眠。脑海中浮起种种往事。

他想起第一次拥抱昌子的情景。当时她说“我害怕会失去你”，或许那时她就已经有心理准备，知道自己可能被逮捕了吧。田岛丝毫不恨昌子，即使已经知道十一月十五日的行程全是她精心策划的，他仍无怨无悔，心中所剩的只有苦痛而已。

由于辗转难眠，田岛躺在床上连抽了几根烟。

时间在不知不觉中流逝，清晨的脚步很快就来到了。窗外的晦暗开始消散，天边浮起鱼肚白，降雪仍未停歇。

田岛听到门口响起轻微的声音，是女服务生在门口扔下早报。明明不想看报纸，但由于习惯使然，田岛反射似的从床上跳起。昌子被捕一事应该已经出现在昨天的晚报，那篇报道是田岛写的。至于为何杀死久松实及田熊香子，昌子坚持不肯透露动机。

昌子究竟对警方说了些什么呢?

田岛来不及坐下便先摊开报纸。报纸的上方有些濡湿，大概是因为报童在雪中送报的关系吧。报纸是日东新闻的北海道版。一翻开社会版，“山崎昌子供出杀人动机”的标题赫然映入眼帘，田岛的表情整个僵住了。

田岛不顾一切地读下去，不论报上怎么说，他都不会感到意外。然而，在看完标题之下的报道之后，田岛的脸色逐渐转为苍白。

## 2

“我受到久松实的外貌及花花公子般的魅力所吸引，因而和他发生肉体关系。我原以为他有意和我结婚，但久松根本没有这个意思。然而，我又无法下定决心和他分手，所以便维持着不明不白的关系。后来我又认识了一位年轻人，由于我厌倦了和久松的关系，所以想要和那个年轻人结婚。但我害怕自己和久松的关系会曝光，所以便付了二十万日元给久松，要求他不要说出我们之间的关系。我支付这笔钱，是为了和久松断绝关系，但当我提出此一要求后，或许久松舍不得立刻放手，所以不肯答应。照这种情况下去，我便无法和那位年轻人结婚。所以，我决定杀害久松。至于杀害公寓管理员，是因为我去找久松时被她撞见的关系。”

这是昌子的坦白，后面还刊登着搜查一科科长的谈话。

“这是一桩典型的情痴犯罪。嫌疑犯和偶然相识的中年男人轻易发生肉体关系，之后又结交了新的恋人，起初想用钱来堵住前任男友的口，等发现此法行不通后，便轻易地加以杀害，这种冷酷的做法实在令人无法同情。总之，这桩案件着实发人深省。”

（谎言！）

这是谎言！绝对是！昌子的坦白是胡乱捏造出来的。不是警方使用了诱导式询问，便是昌子编造了一套谎言。田岛比任何人都清楚这份坦白全是谎言。从那一晚相拥时昌子的反应来看，他相信她还是个处女。他并非只凭床单上的落红来判断，他能感受到昌子因羞赧而浑身颤抖的那种肌肤触觉。

不论昌子和久松之间有哪种关系，田岛都已经做好了心理准备。纵使昌子从久松那里取得毒品，纵使她是个吸毒者，田岛也不会惊讶，而且相信自己会原谅她，但他无法忍受报道上所说昌子和久松之间有“爱”的纠葛。她爱的应该只有田岛一个人，不应该有其他的男人。

女服务生端早餐入房，田岛立即请她代为叫出租车。

“如果您是想去洞爷湖的话，道路已经因雪而中断了。”

女服务生答道。田岛大声说了句：“不是，我要回东京，不是有一班九点四十分的飞机吗?”

“是的，是有这班飞机。”女服务生露出暧昧的表情答道。

田岛几乎连碰都没碰早餐，只顾着匆忙整理行囊。

雪依然继续飘落。

## 3

田岛在飞机上睡着了。他做了一个噩梦，梦见昌子被吸进黑暗之中，他在后面拼命想要追赶，但不知被谁抓住了肩膀，以致动弹不得。他醒了过来，发现搭在自己肩膀上的，是空中小姐的纤纤玉指。

“先生，您醒了吗?”空中小姐笑着说道，“马上就要降落了，请您系好安全带。”

于是，田岛把安全带系上。

飞机随即降落，东京的天空虽然冷冽但很晴朗。

田岛从机场直奔警视厅，他必须去会见一科科长，问清楚昌子的供词。科长不在办公室，田岛只能见到中村警官。

“你不是休假去了吗?”中村不解地看着田岛，“我也觉得你有必要休个假，正为你感到庆幸。”

“我是请了假，昨天搭飞机去了札幌。”

“那为什么不在北海道悠闲度假呢？要是我，一定会这样做。”

“我做不到。那件事是真的吗？我是指昌子的供词。”

“真的啊！由于和警方预测的动机相符，所以皆大欢喜。不，警方并没有使用诱导式询问，是她主动说出来的。”

“她和久松真有肉体关系吗?”

“没错，我知道这对你是一种打击，但我认为山崎昌子的坦白并无虚假，因为再也找不出其他动机了。我曾去过她的家乡岩手的K村，但发现久松并未去过该地，而村公所及派出所的人也都说不认识久松。换句话说，勒索的把柄并非源于岩手，如此一来，必定就是在东京了。然而，在东京也找不到相关证据，找不到也是理所当然的，因为久松和山崎昌子本身就是勒索的把柄。简单地说，这次事件是为了清理三角关系所造成的女性悲剧。”

“错了。”

“什么地方错了?”

“昌子和久松绝对没有肉体关系，那是谎言。”

“我明白你这样想的心情。”

“不，我不是基于个人感情才这样说的，我知道他们两人之间没有肉体关系。”

“你知道?”中村一副不解的表情，“你所说的知道是什么意思?”

“知道就是知道。”田岛顽固地重复着同一说词，“昌子撒了谎，应该是另有其他动机。”

“你这样说就不好办了，这的确是她的坦白，而且警方也不认为这份坦白有任何不妥之处。”

“她不会为那种事犯下杀人罪的。照这种说法，昌子不是成了十足的恶人？一定另有真正的动机，请你查出来。”

“请别强人所难了。”中村耸了耸肩，“警方无法因为你的个人要求而重新展开调查，已经结案，从警方的手上移到检方的手上了。”

“这是不对的，再说事件还没有完全解决呀，弄明白昌子和‘天使’的关系了吗？”

“她自己说不知道什么‘天使’不‘天使’的。警方的看法是这样的，对久松而言，只有山崎昌子才真正称得上是天使。我认为这种可能性很高。”

中村的话让田岛想起田熊香子所说的话。她说过来找久松的是个年轻的女人，而她后来也对久松说“你不该欺负那个像天使般的人”。田熊香子见到的女人大概就是昌子吧。既然昌子在田熊香子的眼里看起来像“天使”，那么久松持同一看法也就不足为奇了。或许中村的话是正确的，田岛觉得自己居于下风了。

“但是，”田岛说道，“那个蓝色信封呢？你知道底片中的女人是谁吗？”

“不知道，可是任何案件都会残留部分无法解决的疑点，我认为这个部分和案件无关，我对那张底片的看法也是相同的。”

“你能证明这些和这次的案件无关吗？”

“我只能说无法证明。但真凶已经遭到逮捕，所以就算把这些认定为无关也不打紧。”

“你能把那张照片借给我吗？”

“你想干吗？”

“我想要调查看看，我想查出昌子为什么要撒谎。”

“先前我已经答应借给你，所以没什么问题，但底片却不能借给你。”

中村从桌上取出那张十寸的照片放在了田岛的面前。

“我不知道你有什么打算，但我认为那是徒劳之举。”中村用忠告的语气说道，“就算像你说的那样，另有不同的动机，也无法推翻山崎昌子杀害久松实和田熊香子两人的事实。”

“这我知道，”田岛用干涩的声音答道，然后把照片塞入口袋后站了起来，“我知道，但我还是想弄个明白。”

## 4

走出科长室时，田岛突然感到一阵儿轻微的晕眩，或许是昨晚整夜没睡的关系吧。田岛用力揉了揉眼睛，掏出一根烟点上，然后迈步朝出口走去。

屋外洋溢着干爽的冬阳，尽管是透明和煦的阳光，却让疲累的田岛感到刺眼。

田岛在水沟旁停下脚步，他不知道此刻该何去何从，究竟得问谁才能理出这个案件的真相呢？他想直接去见昌子，好问她为什么要撒谎。然而，此刻可能无法获准会面，就算能会面，他也没把握昌子会吐露实情。伫立在原地，田岛取出了照片，但阳光的反射让他看不清楚，何况站在警视厅的门前也让他心神不宁。

田岛走到了有乐町，走进了日东新闻社后面的一家咖啡馆。每到黄昏，这家咖啡馆便人满为患，但在午后一点的时段里，客人却是稀稀疏疏。田岛落座后，点了一杯黑咖啡，然后取出照片放在桌上。

没有任何证据显示这张照片和案情有关，或和昌子有关，但既然没有其他可供调查的线索，那么也只能从这张照片着手调查了。一个正要穿过大门的和服女人的背影，光凭这样的一张照片能看出什么呢？左看右看也看不出任何线索。警方认为照片中人不是已经死了的片冈有木子，也不是酒吧的女老板绢川文代，当然更不是昌子，而是一名田岛不认识的女人。

田岛把注意力转移至建筑物。

看起来像是一栋郊外的建筑物，但看不出是哪里，或许是东京的郊外，也或许是其他地方。建筑物本身看起来有点儿像是医院或学校，是一栋相当大的建筑物，但门柱上的字却无法辨识。照片的右方有一座山脉的棱线，虽然看得出是一座矮山，但是田岛说不出是哪座山。然而，如果要说这张照片中有任何可以称为线索的东西，目前大概就只有那座山了。要是让登山专家过目，是否能认得出是哪座山呢？

田岛向咖啡馆借了电话，拨了报社社会部的号码，找一位姓立花的同事。

“你到底怎么回事？”立花接到电话后劈头便问，“我以为你正在某个温泉享福呢。”

“正好有点儿小事，可别对主编说啊！”

“知道了，有什么事？”

“有件事想请教你。我在后面的咖啡馆，你能过来吗？”

“我马上过去。”

大约五分钟后，立花推门进来了。他的个头虽然不高，但体格很健壮，学生时代是登山社的社员。

田岛拿照片让立花过目：“你认得出这是哪里的山吗？”

“这个嘛……”立花面有难色地凝视着照片，“这不是高山，大概只有五六百米高吧，但看不出是哪里的山，因为这种山到处都是。”

“连你这个登山专家也看不出来吗？”田岛露出失望的神色说道。

“我不是专家。”立花笑着说道，“要是拿给真正的专家看，或许能认得出来。”

“是山岳协会的人吗?”

“不，那些人对阿尔卑斯山或喜马拉雅山很熟，但对这种矮山就没辙了。有位比他们更好的专家，是一个名叫植树裕一的男人。”

“植树裕一?”

“他是专拍山脉及高原的著名摄影家，他可能认得出来。”

“他的地址呢?”

“他住在神奈川县的平冢。他家是一间奇怪的圆形屋，一出火车站就看得到，非常容易找。你要去吗?”

“嗯。”田岛点了点头。

## 5

田岛在平冢车站下车后，到车站前的烟铺打听植树裕一这个人，立即就得到了答复。看来，他在这里算是知名人士了。如同立花所说的，植树裕一的家是一间圆形玻璃屋。

幸好植树在家。他是个满头白发、面貌祥和的人，亲切地请田岛进入四面皆是玻璃落地窗的工作室，从工作室里可以看见白雪覆顶的富士山正面，令人觉得这真不愧是山岳摄影家的工作室。

植树告诉田岛，他每天都在这里和富士山对坐，而富士山每天都呈现出不同的面貌。田岛取出带来的照片。植树眯着眼端详了一会儿。

“是座矮山嘛。”

“您认得出是哪里的山吗?”

“嗯，让我慢慢想想看。”

植树露出微笑，他从照片上移开视线，慢条斯理地掏出烟斗点上火。当一个人每天都在眺望山脉或高原，或许性格就会变得悠闲自在了吧。

“好像是东京近郊的山。”隔了一会儿植树才说道，“我以前曾在东京住过一阵子，那时候经常拍武藏野的照片，我觉得那时好像见过这座山。”

“武藏野。”

田岛喃喃自语，半天才瞪大了眼睛，久松遇害的三角山那一带应该也是属于武藏野啊!

植树从后头搬来一大堆相册，从其中抽出一本用笔写着“武藏野”的簿子翻阅。

“请看这张。”

植村指着其中一张照片对田岛说道。那是一张逆光拍摄的草原风景照，芒草穗尖发出闪亮的白光，而背景中的那道黑色棱线，的确和田岛带来的照片颇为相似。

“我想大概是同一座山。”植树用沉稳的声音说道。

“这是在哪里拍的呢?”田岛问道。

植树把照片取出，翻到背面。背面用铅笔写着“摄于百草园附近”。

“我认为你带来的照片大概也是在百草园附近拍的。”植树依然带着满面温和的笑容说道。

“百草园?”

田岛露出紧张的神情。因为，百草园就在京正线圣迹樱丘的下一站。

(这张照片或许和这次的案件有关。)

## 6

第二天，田岛再次搭乘京正线前往三角山。三角山的后面便是百草园，如果登上山顶，或许能看见照片中的建筑物吧。

田岛已经是第三次来到这里了，但前两次都没有登到山顶，都是在久松滚落之处折回。

田岛沿着旧道登到山顶。由于天色阴沉，所以视野并不好，附近的山脉看起来仿佛笼罩在浅灰色的烟雾中，虽然和照片中的棱线很像，却没有十足的把握，或许是因为瞭望的角度不同吧。

田岛把视线由远拉近。新建住宅的屋顶或蓝或红，看起来颇为艳丽。枯寂的稻田、黑黝黝的杂木林以及百草园的庭园也随之映入眼帘，但四处皆找不到照片中的建筑物。

田岛朝着百草园的方向下山。穿过山腰的小溪，便见到一片杂木林在眼前扩展开来，林中有一条赤褐色的道路往西延伸，途中看到一个路标，上面写着“柚木村”。沿着道路步行约十分钟，见到右边高地有一间学校，走到校门前，便见到“柚木中学”这几个字。

(是这道门吗?)

田岛取出照片比对，似乎不是，门的形状也不同。他随即发现学校旁有村公所，于是又步行前往。柚木村公所是一栋新盖的二层楼建筑。田岛入内，把照片拿给里头的女职员过目。

女职员似乎是本地人，对照片端详了一会儿，然后小声说道：“好像是多摩疗养院。”

"多摩疗养院?"

"对，那是附近的一家医院。"女职员这次改用清晰的声音答道，但似乎也没什么把握，所以又对旁边的一名青年说道，"你过来看一下好吗?"

正在用粗指头笨拙地拨算盘的那名青年慢吞吞地起身，从女职员的身旁探头看着照片。

"这是多摩疗养院。"青年说道，"我每天从那门前经过，所以很肯定。"

"在什么地方呢?"田岛轮流看着两人的脸问道。

青年看着田岛回答："沿村公所前的道路一直往前走，就在左手边，走路大约十分钟。"

## 7

走了一会儿后，田岛见到左手边有一道长长的矮墙。

田岛沿着墙走，在门前停下脚步，的确是照片中的那道门，在门的后方还可看到那座颇费疑猜的山脉。根据地图上的标示，那是由城山、高尾、小佛等山头构成的五百米高的山脉。

门上挂着招牌，由于相当古旧，如果不近看根本看不清楚上面的字。田岛走近一看，上面写着"多摩疗养院"。从招牌看来，田岛猜想这里可能是一间肺结核疗养院。如果真是如此，那么这里必然有很多称为"白衣天使"的"天使"。

田岛穿过了那道门。

前面是一片尘土飞扬的宽敞庭院，虽有花坛，但时值冬天无花可赏，使庭院显得分外广阔，令人有一种荒凉的感觉。院中见不到半个人影，寒风冷飕飕，在这样寒冷的天气里，患者和护士大概都躲在病房里吧。

田岛伫立在庭院，感到了寒意刺骨。他一边呵出白色的气息，一边走近写有"询问处"字样的那扇小窗。他敲敲玻璃窗，立即有一名在火炉边取暖的年轻男人起身走了过来。那男人打开玻璃窗问道："你有什么事?"

田岛递出名片，请求会见负责人。

男人心不在焉地看着名片，头也不抬地问道："采访吗?"

"不，是因为私事求见。"

男人抬起头说道："是吗？我想你是白费力气，但还是先见见院长吧。"

"白费力气?"

"因为没有空床位啊!"

这个男人答道。他似乎是误会了，大概听到是私事，以为田岛是为了亲人的住院问题而前来请托。田岛也懒得更正，一声不吭地站着。

这个男人带领田岛穿过走廊，来到另一栋建筑物，上了二楼走到尽头，便见到一扇写着“院长室”的门。

男人先行入内，一会儿后出来对田岛说道：“院长答应说要见你。”

院长室约有六张草席大小，一名坐在旋转椅上的中年男人向进门的田岛打了声招呼，然后请田岛在一旁的椅子落座。他身穿西装，外面罩了一件白大衣。他的个头矮小，看起来没什么派头。

“我是村上，负责管理这所疗养院。”他说道，镜片后的小眼睛露出了微笑，“请问您有何贵干？”

“我想请你看看这张照片。”

田岛取出照片，放在了对方的面前。

村上拿起照片，远远地加以端详。“这是我们的大门嘛。”村上神情悠闲地说道，“是你拍的吗？”

“不，不是。我想请问的是照片中的这个女人。她是您这里的员工吗？”

“在这里工作？”

“是的，我想这里一定有不少护士吧？”

“嗯，总共有二十名。”

“会不会就是其中之一？”

“这个嘛……”村上院长歪着头思索着，“这是背影啊，我认不出来。”

“认不出来吗？”

“有确认的必要吗？”

“拜托您了，因为事关重大。”

“护士长可能会知道，我叫她来问问看。”

村上院长一口答应，然后用内线电话叫来护士长。护士长的面孔消瘦，年纪约莫四十多岁，给人一种严厉的感觉。她一进门，便站着问院长道：“有什么吩咐吗？”

村上院长拿照片让她过目：“照片上的人是咱们这里的护士吗？”

护士长并未立即回答，只是默默地注视着照片。田岛偷窥她的脸色，觉得她的表情似乎略有动摇，田岛认为可能是自己多疑。

“不是咱们这里的护士。”护士长答道。

“有二十多名护士，光看背影就立刻知道不是吗？”

田岛插嘴道，护士长用犀利的眼光看着他。

“如果连这点都做不到，我哪有资格当护士长？你看，照片中的女人把头发往上挽，而咱们这里的护士没有一位是梳这种发型的。没有其他的事情了吗?”

“没有了。”

院长答道，护士长向两人点头后便离去了。

## 8

田岛不知道护士长的话是否属实，但他也不能因此就要求会见每一位护士。如果护士长所言不假，那么照片中的女人必然是前来探病的患者家属了。然而，既然不是护士，那么和“天使”又能扯上什么关系呢?

“结核病人的家属能自由来探病会面吗?”

田岛问道，但是村上院长却一副莫名其妙的表情。

“结核病?”院长反问道，这下轮到田岛愕然了。从疗养院这个名称及郊外医院的性质来判断，田岛武断地认为这是一所肺结核疗养院，但他显然猜错了。

“你以为这里是肺结核疗养院才来的吗?”

院长难以置信地瞪大眼睛看着田岛。

“这里不是吗?”

“当然不是。这里收容的是身体残障的儿童。”

“只有儿童吗?”

“是的，只收容学龄前的幼童。”

“所谓身体残障，是指手或脚不方便。”

“嗯，就是得了小儿麻痹症的儿童，又称C. P，最近又收容了六名‘阿尔多林儿’。”

“‘阿尔多林’?”

田岛记得这个词。

(就是那种安眠药!)

他想起来了，田熊香子遇害时所服用的安眠药就是“阿尔多林”。孕妇如果服用了那种药，便会产下畸形儿。

“但他们的心灵可没有畸形。”院长用强硬的语气说道，“只有手部有问题，大脑和精神和正常儿童完全一样。凭着医学的力量，我相信一定能治好这些孩子的手。”

“关于‘阿尔多林畸形儿’……”

“我希望你别使用‘畸形’这个词。”村上坚决地向田岛抗议道，“我们认为，这些孩子是上帝所赐予的，是天使之子、天使宝贝。”

“天使?”田岛不禁提高嗓门。

## 9

“可笑吗?”院长用责备的眼神看着田岛，“你认为这些孩子应该叫恶魔之子吗?”

“不，不是。”田岛慌张答道，“我是为了另一件事而感到吃惊。其实我正在调查一桩案件，因为这桩案件和‘天使’这个词有关，所以我才对这种巧合感到惊讶。”

“是什么案件?”

“是杀人事件。”

“如果是这样的，一定和这些孩子无关，因为这些孩子是真正的天使。”

“我并没有说和他们有关。”

田岛答道，然而在心底他正在思考相反的事情。

田岛想起蓝色信封上用红笔所写的英文字母，他觉得自己似乎已能理解其中的含意。一定是 A：Angel、B：Baby，而最后的 C 大概是代表某个儿童的名字。

“这些孩子过着怎样的生活?”

“你是以记者的身份提问吗?”

“不，我是以个人的身份提问，当然也不会在报上报道。”

“如果能从实刊登，我倒希望你能报道。”院长说道，“因为单凭我们的力量实在是势单力薄，尤其考虑到这些孩子的未来，有时真令人心急如焚。这些孩子已经四岁了，他们一天天地在成长，马上就会长大成人。长大成人之后，社会究竟会以什么方式对待他们呢?我常为此感到不安。有位美国人说过，不论任何人都有可能成为总统，所以即使对擦鞋匠也不能另眼相待。我只希望当这些孩子长大时，这个社会已经变得可以接受残障者当总理大臣或社长。”

“目前是收容了六名‘阿尔多林儿’吧?”

“是的。”

“能把那些儿童的姓名告诉我吗?”

“很遗憾，我不能告诉你。”

“但是!”

“如果这是个可以光明正大说出来的社会就好了，可是天不从人愿，许多父母亲希望隐瞒自己的姓名，所以请原谅我无法告诉你。”院长用黯然的声音说道。

田岛只好离开了院长室，但走到走廊时，他突然改变了主意。无论如何，他希望能确定字母 C 是代表名字的缩写。在他走出走廊后，田岛朝出口的相反方向走去。

另一栋建筑物中传来说话声，田岛蹑足悄悄靠近，那是一间有玻璃窗的小房间。房内的一个角落放着一盆熊熊的火炉。里面共有六名儿童和三名年轻的护士。孩子们正在用餐，田岛没想到不知不觉中时间竟然过得这么快。

田岛站在走廊上窥视。

这是他生平第一次见到“阿尔多林儿”，那些孩子们都长着一副可爱的脸庞，和一般的儿童完全没有两样，里头有顽皮的大眼睛男孩儿，也有看似聪明伶俐的女孩儿。

唯一不同的是手臂。

每个孩子的外衣衣袖皆卷至肩膀附近，否则他（她）们短小的手臂便无法从袖口中伸出来。护士正在帮助孩子们进餐。其中一名儿童大概是看见了田岛，于是突然摇摇晃晃地往窗户走过来。那是个男孩儿，可能是为了遮掩住短小的手臂，所以走路的姿势比一般小孩儿僵硬，不过或许也是因为害怕跌倒的关系。

“TIKARA!”

护士一边叫着，一边跑过来抱起那名儿童。与其说是护士，给人的感觉倒像是保姆。她注意到站在走廊上的田岛，立刻用犀利的眼神看着他。

她推开窗子，用有点儿责备的语气问道：“你是谁?”

田岛对她的问话置若罔闻，其实应该说是根本听不见，田岛只是茫然地看着她手上抱着的那名儿童。那是个相貌聪明伶俐的大眼睛男孩儿，然而他并非因此而茫然，而是因为那个男孩儿长得实在太像昌子了。

# 第十二章 事件的核心

## 1

当天晚上，田岛搭上开往盛冈的列车，搭的正是昌子在时刻表上用红笔圈起的那一班，二十二点十八分由上野开往盛冈的“北星”号快车。

他通过检票口时，由于乘客中有一群扛着滑雪设备的年轻人，所以田岛有点儿担心车厢内会嘈杂不堪，所幸那群年轻人坐上了另一节车厢。在安静的车厢内，田岛得以独自沉思。

在多摩疗养院所受到的震惊仍然残留在田岛心底，此刻他必须冷静地思考。

年轻的护士用“TIKARA”这个名字称呼那个男童。田岛不知道这名字的汉字该怎么写，可能是“力”，也可能是“主税”，但这不重要。症结就在于“TIKARA”这个名字，如果采用罗马拼音，则写成TIKARA，但已届中年的久松以前学的应该是黑本式罗马拼音法，所以会把TIKARA写成CHIKARA，如此一来，起首字母便是C。

蓝色信封上所写的A. B. C. 显然是代表那个可爱的大眼睛男童。

那男童的面貌和昌子酷似，但不会是昌子的孩子，因为除了田岛之外，昌子显然未交过其他男友。如此一来，田岛只能想到一个人，那便是昌子住在岩手的姐姐。田岛虽未曾和昌子的姐姐见过面，但既是姊妹，容貌想必十分相像，所以姐姐的孩子和昌子面貌酷似也就不足为奇了。

田岛取出照片，他认为照片中的和服女子必定是昌子的姐姐。昌子的姐姐应该是三十多岁了，年龄方面也刚好吻合，何况既然嫁给了东北部地区的富豪，那么穿和服的机会必然很多，所以给人一种惯穿和服的感觉也是很自然的。田岛觉得自己正隐隐约约地接近这次事件的真相，然而，他无法确定自己的猜测是否正确，唯一的求证方法便是前往岩手去见昌子的姐姐。

列车过了黑矶之后，车窗外的景色变成了一片银白世界。眺望在黑暗中往后倒退的雪地，田岛想到今天是十二月一日，自己的假期仅剩一天，而从事件发生当天算起，日子也已经过了半个月。

田岛在盛冈换车，当他在山田线的 K 站下车时，已是第二天的早上十点四十分。

雪已经停了，天空也露出难得的碧蓝，但车站的屋顶、周围的稻田及杂木林皆是清一色的雪白。积雪近二十厘米，田岛暗自庆幸自己有备无患地穿了一双长筒橡胶鞋。

向车站人员问过路之后，田岛便徒步前往 K 村。路上的积雪已经凝固，除了较易滑倒之外，并不特别难走。在途中，田岛和拉着货车的农夫擦肩而过。货车上坐着一名小孩子，小孩子身上的毛衣往上卷起，露出了肚脐，不知道那小孩子会不会觉得冷？

田岛看见了右手边的村公所，他踏进那栋灰暗的建筑物。

一名背着婴儿的农妇摊开一大张表格，问女职员："这该怎么填写？"

大概是申请表格之类的吧，女职员用浊音浓重的东北腔调予以答复着。

有两个年轻男人一边在火炉旁烤手一边大声地交谈着。

"我要当亲郎了。"其中一人说道。

"你这样的家伙哪能当亲郎？"

"哼啦、哼啦，像你这种家伙才当不成亲郎呢！"

乍听之下，田岛不懂"亲郎"是什么意思，再听下去才知道原来是"新郎"。那两人就像一般年轻人一样在谈论结婚之事。

田岛喊了声"对不起"，两人受惊似的瞪大眼睛望了过来。

田岛递上报社的名片，两人钦佩地发出"哦"的声音。

"请问来这里有什么事儿啊？"

个子较高的那个男人问道，腔调和刚才完全不一样，虽然还是带有些口音，却是标准的日语。这种语音变化让田岛颇感惊讶，两人就连脸上的表情也变得正经起来。

"山崎昌子的姐姐是住这附近吗？"田岛问道。

这个男人点了点头："她的名字叫时枝，嫁给沼泽先生，是五年前的事了。”

“沼泽夫妇有小孩儿吗?”

“有，有一个可爱的小孩儿。”

“现在在家吗?”

“应该在，因为我昨天还看见阿婆抱着孩子。”

“是男孩儿吗?”

“不，是女孩儿，应该有二岁了吧。”

“不是另外还有一个男孩儿吗？四岁的男孩儿，或许现在不在家里。”

“另一个男孩儿?”

年轻人歪着脑袋想了一下子，然后笑着说道：“那是你误会了。”

“误会了?”

“他们在四年前的确生了一个孩子，不过是死胎，因为流产。”

“死了?”

田岛的脸色转为凝重，难道在多摩疗养院看到的男孩儿不是昌子姐姐的儿子?

“真的死了吗?”

“真的，还开了证明。”

“证明书是医师开的吗?”

“本地没有医师，是由保健护士开的死亡证明，然后再由村公所发出埋葬许可证，按规定就是这样。”

“确认过是流产吗?”

“当然，连死亡证明都开出来了嘛，而且一切符合规定。”

年轻人用悠闲的口气答道。办理死亡的手续竟然如此简单吗？原先田岛一直认为乡镇公所的手续烦琐，所以颇感意外。从什么符合规定的说明来判断，只要有任何医师开立死亡证明，似乎就能轻易申请到埋葬许可证——死亡根本未经确认。

（如果那张死亡证明是伪造的！）

这应该足以成为勒索的把柄，久松是用这个把柄来勒索的吗?

（然而，根据中村的说法，久松并未来过K村，因为他曾拿久松的照片给村公所的人过目，得到的回答是“没有见过”。）

身在东京的久松，又是怎样掌握了勒索的把柄呢？田岛感到不解，但是想一想，其实关于儿童的出生或死亡，大可不必特地跑一趟，只要来函询问就够了。

“先前有没有东京寄来的询问函，查询沼泽家的事?”田岛问道。

那个年轻人马上点了点头："说起来是有过一次，那封信要求我们提供有关沼泽夫妇子女的详情。"

"寄信人呢?"

"好像是叫作什么周刊的一家杂志社。"

"真实周刊社?"

"没错，就是那家杂志社。"

"原来如此。"田岛颔首道。

果然是久松，因为他使用了"真实周刊社"的名称，难怪中村来到此地问起久松的名字也问不出个所以然。既然久松能利用那张照片来勒索，意味着四年前的那张死亡证明必有可疑之处。

田岛问清楚保健护士的住址，向两人道谢后便径直离去。而两人也立即回到他们原来的世界。

"你这家伙不是买了一台豪华电视机吗?"

"如果是只有我家没买，那就会惹闲话了。"

## 2

田岛一边朝位于神社旁的保健护士家走去，一边回想村公所那两名年轻人刚才的态度。他们之所以突然改变说话腔调，是想对田岛表示亲切吗？或许是对外地人的戒心使然呢？不论是前者还是后者，田岛感到自己已被视为外来的不速之客。

神社很容易就找到了。鸟居①虽然华丽，但神社本身却是一间稻草屋顶的小屋。鸟居和神社的屋顶皆覆盖着一层厚厚的积雪，保健护士的家就在神社后方。

和普通农家的格局相同，房檐既深又长。田岛在幽暗的玄关前停下脚步，只见门柱上挂着一块写着"战死者之家"的木牌，他不曾在东京见过这类的门牌。

田岛开口叫门，立即有一位四十五六岁的女人出来应门。她的脸上皱纹纵横，被太阳晒得相当黝黑。听到田岛是东京来客，她惊讶地微张着嘴，然后说了声"请进"。她请田岛进入客厅。

田岛不清楚保健护士在这种山间部落里究竟位居什么样的地位，或许应该算是知识阶级之一吧。保健护士颇为健谈，滔滔不绝地说起保健工作，但

---

① 鸟居，神社入口的门，呈开字状。——译者注

当田岛一提到沼泽家，她立刻三缄其口。之后，不论田岛问什么，她都不愿回答，原本和蔼的面孔，突然像戴上面具一般，看不出任何表情。

“我只想知道一件事，就是四年前沼泽时枝的流产是真是假？”田岛接着又说，“我绝对无意责难她或向警方报案，纯粹是基于个人原因而想知道。”

然而，保健护士的表情依然纹风不动，对田岛的话既不肯定也不否定，只是默不作声。在这种凝重的沉默气氛下，田岛只好退缩了。

田岛默默地离开保健护士的家。他感到难以释怀，而且他心里明白，去见昌子的姐姐只会让这种感觉倍增，但此刻已经来不及回头了。

沼泽家是一栋用山毛榉围起来的豪宅，不愧是富农之家。

田岛一进入庭院，便看见一名女人站在回廊前哄着一个小孩子。那是个身穿和服、约三十岁左右的女人，田岛看着她的背影暗自点头，果然是照片中的女人。

田岛一走过去，拴在庭院角落的那只狗便吠了起来，吠声让这个女人转过头来。她的容貌和昌子肖似，和被称作“TIKARA”的那男童当然更是酷似。

“我姓田岛。”田岛把递到一半的名片收回说道，“是昌子小姐在东京的朋友。”

“昌子的朋友？”

她像鹦鹉学舌般反问了一句，然后露出畏怯的表情，身子也变得僵硬起来。抱在她怀中的孩子突然哭了起来，她慌张地边哄边小声对田岛说“请进”。

田岛被引进后头的房间，房内虽然华丽但光线暗淡。面对面坐下时，田岛注意到她的左手有两根指头十分短小。

“你是时枝小姐吧？”田岛再次问道，见对方点头后又接着说道，“今天来访是为了令妹的事情。”

时枝的脸色霎时转为苍白，但没有吭声。

田岛继续说道：“昌子小姐涉嫌杀害久松实而遭到警方逮捕，你当然已经知道这件事。她自称是为了结束和久松的关系才下手的，但那是谎言。我很清楚昌子小姐不是那种女人，所以作了调查，后来我拿到这张照片。”

田岛把带来的照片放在时枝面前，她看了一眼，随即挪开了视线。

“照片中的女人是你吧？”

田岛问道。时枝仍然默不作声，田岛逐渐焦躁起来。

“那就是你。”田岛用强硬的语气接着说道，“你在四年前产下一个男婴，但发现婴儿是‘阿尔多林儿’后，便请保健护士开出死亡证明，谎称是流产，然后把说是已经夭折的小孩儿寄养在多摩疗养院。把小孩儿带到东京去的人，大概就是昌子小姐吧。我至今才明白她突然去东京的理由。然而，身为母亲的你为孩子感到担忧，所以悄悄地到东京探视孩子，不幸却被久松拍了照，就是这张照片吧？久松知悉秘密后向你勒索，昌子小姐得知这件事便想帮助你吧？我曾听昌子小姐说过，她的命是姐姐救回来的。看到你左手的手指后，我想我知道那是怎么一回事了。大概是在遭到熊或什么猛兽袭击之际，你救了令妹的性命。所以，这次换昌子小姐想救你。她代替你交付了二十万元给久松。在上野汇完钱之后，我想她又去了久松的公寓，目的是要讨回这张照片的底片。然而，食髓知味的久松却不肯答应，因为只要握有底片，想加洗多少张都不成问题，也就可以持续勒索下去。最恶劣的是，可能他对昌子小姐还提出了某种无耻的要求，所以她才杀了久松。她这么做并非为了自己，而是为了你。”

## 3

“昌子小姐显然曾经多次前往多摩疗养院探视，或许是因为你要求令妹把孩子的近况转告你，所以她对多摩疗养院附近的三角山知之甚详，又因为该地靠近疗养院，所以久松掉以轻心而被诱了过去。不过这些都已经不重要了，重要的是昌子小姐为了你而犯下杀人罪。”

田岛说到此处，停下来看着时枝。

时枝垂着头，使田岛摸不清她此刻在想什么。时枝一言不发，像哑巴般保持缄默。

“你说话啊！”田岛说道。

但她没有回音，和在保健护士家里碰到的情况一样，只有凝重的沉默。

“你说话啊！”田岛又重复了一句，“昌子小姐庇护了你，如果她就此接受判刑，或许你的秘密便不致曝光，沼泽这个家族也可能安然不受伤害，但是昌子小姐呢？这样下去，她必然会判重刑，因为这成了一桩无法酌情减刑的案件。但是如果法庭知道了真相，或许会斟酌情形而从轻量刑。”

“你为什么保持沉默呢？”田岛按捺不住急躁的情绪，像是要一股脑儿把焦躁宣泄出来般怒声说道，“你为什么不答话呢？这件事因你而起。当初生下‘阿尔多林儿’时，如果你有勇气亲自养育，也不至于酿成大错。因为你的怯懦，导致昌子小姐杀死了两个人，而你现在却袖手旁观！”

得到的回应依然只是沉默。

田岛逐渐变得难以忍受。为何一直沉默呢？如果自己的话令人不快，那么对方大可叫他滚蛋，这样田岛倒也有个计较，至少容易决定自己应该采取什么态度，然而一个劲儿地沉默简直让他难以忍受。

时枝始终这样静静地不吭声，田岛很想知道这女人究竟在想什么。但是时枝低着头，甚至让他无法观察脸色。她以为只要保持沉默便能解决问题吗？抑或是对于昌子牺牲自己以保守自家人的秘密感到无关痛痒？

“你倒是说话啊！”

田岛又说道。然而，他的话仿佛被吸进了弥漫在房里的凝重沉默中。

田岛越来越难以忍受。假如是一触即发之前的沉默，那倒还可以接受，但呈现在田岛面前的沉默却不同，是一种既凝重又无可奈何的沉默，就算他一把揪住时枝，连推带拉地猛摇，恐怕也无法打破这种沉默。

田岛终于忍不住站起身来，但时枝仍然坐着不动。田岛自行拉开格子门走到走廊上，他撞见一名老人蹲在走廊的角落里。那是一名小个子的老妇人，显然是站在外面偷听田岛刚才说的话。然而，她那被阳光晒得黝黑且满布皱纹的脸上却没有任何表情。

田岛走到土间①，空中依然一片静寂。田岛像是要逃离这种死寂似的奔到庭院中。

积雪的庭院依然洒满了冬日，从幽暗大宅中出来的田岛因积雪反射的强光而猛眨眼。就在此时，背后传来一个男人的声音。

## 4

这是个瘦高的男人。男人用几乎没什么口音的腔调说道：“我是沼泽。”

田岛这才感觉到沉默终于被打破了。

“我听到了你说的话。”沼泽说道，“关于这件事，我有些话要说，你愿意听吗？”

“当然愿意听。”田岛答道，“我正是为此而来的。”

“请这边走。”沼泽低声说道，然后走到前面带路。

他的背影看起来完全不像农民，那张脸也没有丝毫乡土气。

沼泽带田岛走到约百米之外的神社旁，但不是保健护士家旁边的那间神社，看来这个村落里的神社还真不少。

“在这里就不怕被人听见了。”沼泽开口说道。

田岛默默地掏出了烟点燃。

---

① 土间指未铺地皮的泥地房间。——译者注

“我觉得很对不起昌子。”

沼泽看着北边的山峦说道，田岛斜睨着对方的脸。

“既然如此，为什么不说出事实真相来帮助昌子小姐呢?”

“就算事实得到澄清，那又会怎样呢?”

“那又怎样?”田岛提高了嗓门，“难道你打算装作不知情，让昌子小姐担负全部的责任吗?归根到底，这次的事件是因为你和时枝小姐采取姑息的手段而引起的，不是吗?假如你有勇气抚育‘阿尔多林儿’，那么就不会酿出这次的事件，不是吗?”

“光用嘴说说当然很简单。”

“你这话是什么意思?”

“我的意思是你并不是事件的当事人，身为旁观者，当然什么话都能说。”

“旁观者?”

田岛的脸色转为苍白，在这之前，他从未想过自己是事件的旁观者。他一直相信自己是事件的当事人，所以他才会感到痛苦和烦恼，所以才会大老远跑来岩手。

“你说我是旁观者?”

“从我的立场来看，我只能认为你是旁观者。”

“请说出理由。”田岛用犀利的眼神盯着沼泽，“从我知道昌子小姐和这个事件有关的那一瞬间起，我就觉得已经卷入事件中了，尽管我试图让自己冷静下来，但根本就做不到。我从来不曾认为自己是旁观者，而你竟然说我是个旁观者。”

“我知道你爱昌子。在感情上，你说自己不是旁观者，我相信这并非谎言。然而，就算你受到伤害，那也只是伤害到你的感情而已，但对我、时枝及沼泽家族而言，却是和生活攸关的大事。不单单只是伤害到我、时枝和家母的感情，而是整个生活都会崩溃。因为假如事实曝了光，我们家族便无法在这个村子立足了。”

“所以，你认为牺牲昌子小姐情有可原?”

“我并未说是情有可原，但事到如今，必须有人牺牲以保护沼泽家族。昌子自己也这样认为。”

“为了家族而牺牲个人，简直是——”

“庸俗的悲剧，是吗?”沼泽露出阴郁的笑容，“我也这么认为。”

“既然如此，那又为什么这样做呢?”

“请等一下。”沼泽阴沉着脸，轻声清了一下喉咙，“我想对你说明一件事。”

“什么事？”

“这件事的背景和你所不知道的本地风俗。”

“风俗？这和这次的事件有关吗？”

“有的，”沼泽答道，“所以才要请你听我说明。”

## 5

“由于我的家庭比较富裕，所以才能供我上大学，我在这里是所谓的知识分子。在我回乡之初，曾不自量力地试图打破村子里的封建制度，所以召集了村里的年轻人，不仅谈论政治，也倡导节育的必要性，还畅谈家庭的合理化。既然能聚集那么多人听我说话，所以我便试着做问卷调查，结果得到的全是令我满意的答案。我欣喜地认为农村的民主化及现代化一定能够很快地达成，然而，这竟是天大的误解。村人之所以来参加集会，只不过是因为我生于地主之家，他们认为在情理上不来参加未免过意不去，而问卷调查上的回答也不是他们的肺腑之言。农民根本不愿意把真心话告诉不属于自己集团的外人，而我却在不知不觉间用外来者的想法和语言对他们说话，所以他们也不肯告诉我真正的心声。”

“这和这次的事件有什么关系？”

“你正在用和我当初一样的眼光来看待我们。为什么个人必须为家庭牺牲呢？为什么没有勇气抚育‘阿尔多林儿’呢？为什么没有勇气说出事实呢？这是你提出的问题。你的话的确没有错，就像我当初所说的那些话一样正确。然而在此地，这些却是空话，虽然正确，但人们不为所动。在这一带，人们把婴儿放在一种叫做‘卫士子’的竹编笼子里养育。由于笼子置于阴暗之处，所以据说这是造成佝偻病的主因。我曾试图阻止这种育儿方式，在我这个大学生的眼中，把婴儿置于‘卫士子’笼中的育儿方式简直就是农民无知的表征，但我错了。此地没有托儿所，当母亲下田工作时，婴儿该怎么办呢？如果把婴儿放在木板地上睡觉，那么可能会因四处爬动而滚落受伤，或许会因此而着凉。为了避免这些危险，只有把婴儿置于‘卫士子’笼中。在此地，这才是最佳的生活手段。假如不了解这一点，无论多么正确的话……”

“‘卫士子’笼的话我听够了。”

田岛一边感到焦躁，一边出言打断对方的话。他之所以来此，并非为了讨论农村的封建制度，也不是为了听有关“卫士子”笼的解说。

“请说和这次事件有关的事。”

沼泽低头凝视着自己的脚尖。太阳躲过乌云后，风势变强了。

“五年前，我和时枝结了婚。”沼泽视线平视前方说道，“婚后六个月，时枝企图自杀。”

## 6

“这里至今仍严守门第之别，嫡系、旁系的区别也如往昔般都保留了下来。在我眼中，这些全是荒唐的时代错误，根本是无稽之谈。再加上刚才说过的，我以为农村的民主化是一项简单的工作，所以有意要娶门第不同的时枝。然而，这个举动立刻引起强烈的反对。村人的观念仍保守如昔，分系的亲戚群起反对，有的以时枝短缺两指为由，甚至有人在背地里说没必要娶残障的媳妇。时枝受不了那些闲话，因而企图自杀，她吞下了安眠药……”

“‘阿尔多林’吗?”

“是的，时枝吃了二十粒，却没有死，因为那不是适合自杀的药物。我松了一口气，但时枝当时已经怀有身孕。”

“所以产下‘阿尔多林儿’?”

“是的。当第一眼看见抱在保健护士怀中的新生儿时，我感到眼前一阵儿黑，但是我仍打算抚育婴儿，可是时枝坚决反对。”

“是时枝小姐吗?”

“是的，就是亲生母亲时枝。或许你认为她是个残忍的母亲，然而，时枝明了在农村生活、在本地生活是怎么一回事。虽然我想亲自抚育的念头很正确，但就本地的风俗而言，那只不过是一种天真而不切实际的情怀，光凭理想或正义是无法养育子女的。在本地，无法耕作的儿童既没有资格存活，也存活不下去，因为儿童也是劳动力。身体残障的儿童没有劳动力，就没有资格存活。”

“没有资格存活?”

“是的，我知道这种说法很残酷，但这是现实，造成这种思想的便是这块土地。不仅是儿童，连老人也一样，无法下田的老人就失去了存在的价值，老人自己也这么认为。这或许是源于农村的贫困或田间工作的吃重，抑或是根植于淘汰者意识或什么的。”

“所以，你们就假装婴儿死了吗?”

“是的，另外还有一个理由。我和时枝结婚时并未受到村里人的祝福，在婴儿出生当天根本没有人来帮忙，再加上产下一个畸形儿，会有什么结果呢?人们一定会说，看啊，那是天谴。他们或许还会说，娶了残障的女人当然会生下残障的子女。就算我能忍受，时枝也无法忍受，所以我才同意她和家母的意见。”

“但产下‘阿尔多林’的畸形儿并不是你们的责任，而是药物的责任，不是吗？”

“理论上是这样，但人们相信的不是理论，而是感情。何况那孩子出生时，‘阿尔多林’的问题尚未浮出台面，根本无法确定是药物造成的，所以最好的方法便是不让周围的人看见那孩子。保健护士也自愿为我们开立死亡证明。她是战争寡妇，一个女人能独自活到今天，忍受了诸多中伤及无聊的谣言。这种事我很清楚，甚至到了今天，人们还要求她家挂上‘战死者之家’的木牌，要她过着和寡妇身份相符的生活，这就是本地的风俗。正因为如此，她才甘愿冒着遭受惩罚的危险为我们开据死亡证明。因为我们都知道，如果要在这里生活，这才是最聪明的做法。”

“你怎么知道这是最聪明的做法呢？”

“因为我就是这样生活过来的。如果没有旁人提供帮助，那就只能在自己的周围筑起一层硬壳，独自生活在壳里，任何超越规范的行为，就算在理论上是正确的，也不能去做。你说你为时枝的沉默感到愤怒，但就算她说了话，又能如何？根本于事无补啊，所以时枝才一直保持沉默。”

“为什么只有昌子必须牺牲呢？”

“为了防止家庭崩溃，必须要有人牺牲，我和时枝也愿意牺牲。如果没有昌子，我一样会动手杀死久松。在那种情况下，我也绝不会吐露秘密。”

“你的这种想法是错的。”

“或许是吧，但是没有其他方法。要在这里生活……”

“但你还是错的。”

田岛重复着同一说辞。他没得到回答，也找不出其他话好说，只能默然。

沼泽说了许多事，然而对田岛而言，这和他从时枝及保健护士那儿所得到的沉默并无两样。

## 7

田岛怀着失望和愤怒搭上了当晚的列车。

田岛觉得，返回东京后无论如何要见昌子一边，他想知道昌子的真正感受。就田岛所知，昌子是个聪明的女孩儿，是个不肯认同古老因循陋习及封建思想的人。

隔着铁丝网所见到的昌子，虽然脸色苍白，但并未失去镇静。

昌子见到他，露出了一个微笑。田岛飞快地说出所有的事情，包括他去岩手见时枝及沼泽，也包括访问多摩疗养院的事。

“我了解了这次事件的真相。”田岛说道，“你没有必要为了保守家族的秘密而牺牲自己，你必须把一切都说出来，这样你才会获判轻刑。久松之事可以算一种正当防卫。至于管理员之事，要证明你并无杀意并不是什么难事，因为你知道姐姐服用‘阿尔多林’自杀之事，所以知道‘阿尔多林’不是一种适合用来杀人的安眠药。换言之，你只是想威胁她而已，并没有杀死她的意图，你只要实话实说就可以了。你让田熊香子服了‘阿尔多林’，只是为了抗议那些对你穷追不舍的人吧？既然如此，你就该坚持本意，不是吗？在受审时，堂堂正正地说出事实……”

田岛把说了一半的话硬生生地吞了回去。

因为眼前的昌子和他所知道的昌子截然不同，不再是那个开朗的都市女孩儿。田岛感到惊慌。在他面前的是和在岩手雪地里见到的时枝及保健护士相同的，那种戴着面具的女人，不是在柔软棉被中长大的女孩儿，而是在“卫士子”笼里长大的女孩儿。田岛所认识的昌子究竟消失到何方了？

昌子静默无语。田岛越发感到惊慌，难道为昌子烦恼、和她一起受苦的想法只是自己的一厢情愿？

（你是旁观者。）

沼泽的话掠过他的脑海，在昌子的眼中，难道他只是个外人吗？

“你说话啊！”

田岛大声说道，然而昌子没有开口。昌子究竟在想些什么？是陶醉在自我牺牲之中吗？

“你错了。”田岛用干涩的声音说道，“你还有你姐姐及姐夫都以为只要沉默便可以平安无事了，但是你们都错了，沉默无法解决任何问题。”

## 8

田岛感到极度疲惫，难道真的无法打破那道沉默之墙吗？

如果在报纸上刊出真相将会怎样呢？毫无疑问，一定是条独家新闻。然而，如此一来，恐怕只会把昌子等人逼入更为沉默的处境。

得让昌子等人心甘情愿地说出事实才行，然而，这次的事件始于沼泽夫妇让保健护士开出伪造的死亡证明。沼泽说过，那是最佳的方法，就当地的风俗而言，再无其他方法，时枝及昌子对此也予以肯定。风俗及社会果真如他们所说的，不容许他们堂堂正正地抚养“阿尔多林儿”吗？假如真是如此，那么在这次事件中该受到裁判的并非山崎昌子，而是包括田岛在内的整个社会，不是吗？持此看法的难道只是记者的偏执吗？

田岛陷入阴郁的想象中。他想起在多摩疗养院中的那个叫做“TIKARA”的小男孩儿。

那个小男孩儿今年四岁，不久便会长大成人，在头脑方面毫无缺陷的他，大概和一般人一样能够读书、思考吧。或许他也知道自己是“阿尔多林”畸形儿，所以才遭到父母的遗弃。

在某个国家，有母亲杀了自己的“阿尔多林儿”，结果却获判无罪，只因那孩子是“阿尔多林儿”，所以杀人犯便没有罪，或许那个小孩儿也会知道这件事。如果他知道了这些事实，因而憎恨周围的社会，又由于憎恨而扣下手枪的扳机，那会如何呢？为了防范十几年后可能发生的事件，有必要把这次事件的真相公布出来。

他生下来就是一个“阿尔多林”畸形儿，这不是他的错，也不是他母亲的错，一切责任应该归于发明、贩售并允许贩售行为的整个社会。如果能在法庭上澄清这件事，或许能防范十几年后的事件于未然。然而，目前此路仍行不通。

当田岛从阴郁的想象中回过神来，一个写着“纸鹤展”的招牌映入他的眼帘，主办单位是“天使守护会”，田岛的心被这几个字吸引住了。

## 9

展示会在M百货的五楼举行。

狭窄的展示场里吊挂着一串串纸鹤，贴在墙上的纸条写着：“这些纸鹤是家有‘阿尔多林儿’的母亲为祈求儿女的幸福而折的。”

隔壁的特卖场人满为患，而纸鹤展示场却是门可罗雀。三名妇女坐在贴有“接待”纸条的桌子后，她们都是“阿尔多林儿”的母亲。

“我们想为那些孩子盖一所医院。”其中一名妇人对田岛说道，“那些孩子已经四岁了，必须尽早盖所医院开始为他们进行机能训练，不仅是为了‘阿尔多林儿’，也为了其他残障儿童，实在有必要兴建一所医院。”

“这得花很多钱吧？”

“是的，所以除了向政府请愿外，我们也期盼各位的协助，所以请求各位签名支持。”她拿出旁边的签名簿，上面有不少人的签名。装模作样的字、客气拘谨的字、大字、小字等，各式各样的签名琳琅满目。

“我认为那些孩子的问题是社会的问题。”另一位母亲说道，“我认为光凭母亲们单打独斗是无法解决问题的，假如社会大众不肯鼎力相助，那么问题便解决不了。”

“我也这么认为。”田岛点头道。

昌子等人试图凭一己之力解决问题，所以唯一能想到的便是那种姑息、灰暗的方法。其实一开始就应该采取这种态度，把它视为整个社会的问题，有一些母亲便是抱着这种看法。田岛感觉自己的心情稍微开朗了起来。

“能让我见见你的孩子吗?”田岛说道，“我想拍些照片。”

“拍照?”

田岛对面的那位母亲脸色立刻变得苍白，她责备似的看着田岛，

“你想拍我孩子的照片吗?”

“是的，我想拍你的孩子和你一块玩耍的照片，我想拿这些照片给一些人看，鼓起他们的勇气，另外我也想登在报纸上。”

“我拒绝。”

“为什么?”

“你问为什么吗?”这位母亲提高了声音，“为什么要拍我孩子的照片呢?你不明白我有多痛苦吗?你拍照是打算让我的孩子惹人嘲笑吗?”

“不是的。你刚才说这是整个社会的问题，既然如此，你为什么要害怕面对摄影机呢?”

“因为我不想去触痛伤口。”她脸色苍白地答道，“我不希望我的孩子受人嘲笑。尽管没见过我的孩子，可是仍有几百人、几千人赞成我们的想法，为什么非拍照不可呢?”

“你错了。”

田岛说道。他对沼泽和昌子都说过同样的话，但那时他不知道他们错在何处，此刻他却觉得自己清楚地看出错误所在。

“你们说这是整个社会的问题，我也认为如此，然而如果一味地沉默及隐瞒，你们认为这可能成为整个社会的问题吗?为什么你们不把孩子带来这里介绍给大家，让大家拍照呢?只有这样才能让它成为整个社会的问题，不是吗?如果没有这种勇气，这哪会成为社会的问题?充其量也只是你们个人的问题吧?”

“你能了解我这个做母亲的心情吗?”

“或许我不了解，大概我也无法了解。但是身为母亲的你们，不是有义务设法让我和这个社会了解吗?因为羞于见人，所以遮住伤口，却又希望别人能了解这种痛楚，这想法难道是对的吗?难道不应该拿出勇气叫别人正眼看

待自己的孩子吗？难道你们对自己孩子的外表感到羞耻吗？”

田岛环视这几位母亲的脸，没有人答话。在一阵凝重的沉默之后，终于有一位母亲抬眼和田岛四目相视。

“我从不以我的孩子为耻。”

“既然如此，那又是为什么呢？”

“两个多月前，我的孩子过生日，某家杂志社的人来拍了照，但是结果照片却没有登在杂志上。”

“为什么？”

“因为有人说媒体不能刊出我孩子的照片。”

“究竟是谁说这种混账话？”

“是国家机关的人。”

“这我就不明白了。”

“听说这样违反‘儿童福利法’。法律上规定不准把残障畸形的儿童供大众观览。”

“岂有此理！”田岛把嘴角往下扯着，“一板一眼地遵守法令有什么用？孩子们的幸福不才是最重要的吗？你们认为把孩子藏起来会让孩子幸福吗？你们认为让孩子与世隔绝会比较好吗？没有这回事。你们希望社会变得能接纳‘阿尔多林儿’，将来他们能当总理大臣或大企业家吧？既然如此，为什么不挺身而战呢？如果有官员反对，你们更应该拿出子女的照片给众人看，争取大家的理解，不是吗？”

没有回答。田岛继续等待，然而，沉默越来越凝重。

田岛发觉，这种沉默和自己以前所遭遇的情况相似。

难道在这里也是相同的结果吗？沼泽说过“如果想在这村子生活下去……”其实他根本无须强调地域，东京又有什么不同呢？在这里也有相同的厚墙，阻止社会性的问题发展成为社会全体的责任。

当局者误以为隔离及隐瞒便是解决之道，误以为视而不见是一种心灵的慈悲，至于当事人自己，则谦卑地认为自己应该承担起悲伤、愤怒和不公平，甚至误以为这是一种美德。

这个展示究竟能解决什么问题呢？

田岛用黯然的眼神看着签名簿，签名应该是宣示要把这问题当成是自己的问题，但签名的人了解这一点吗？签名反倒让签名者产生一种错觉，以为签名是让他们从问题中脱身的一道免罪符，不是吗？然后，在这些错觉的累积之下，终于铸成了这次的事件。

田岛走到走廊上。

特卖场的喧嚣清晰可闻。谁能保证不会再发生一起“阿尔多林“事件呢?不，一定还会发生的。到那时候，相同的错误又会再次产生，而像昌子那样的女孩儿又会出现了吧?

当田岛拖着疲累的双脚步下楼梯之际，有一个声音喊住了他。田岛停下脚步转过头去，一名脸色苍白的母亲站在那儿。

“请你替我的孩子拍照吧，”那位母亲说道，“也是为了我孩子的未来。”

# 尾声

田岛陷入了空想。

他想象着，凝重的沉默的厚墙终于被打破，所有人终于接纳了这个社会问题。

孩子们大概会原谅我们吧？如果他们知道全社会曾为了他们的将来思虑、烦恼并且努力过，他们必然会为自己生而有知而感到喜悦吧！

田岛陷入了冥想之中……

西村京太郎
天使の傷痕

本书译自日本讲谈社 1976 年版